パール・バック

母よ嘆くなかれ〔新訳版〕

伊藤隆二 訳

法政大学出版局

THE CHILD WHO NEVER GREW

By Pearl S. Buck

Published by The John Day Company, 62 West 45th Street, New York 19, N. Y., and on the same day in Canada by Longmans, Green & Company, Toronto.

All proceeds of this story are devoted to the children at The Training School, Vineland, New Jersey.
この作品によって得られる収益はすべてニュージャージー州ヴァインランドの養護学園の子どもたちに捧げられます。

母よ嘆くなかれ

1

わたしがこの話を書く決心をするまでには、ずいぶん長い間かかりました。これから書こうと思っていることは本当にあった話なのです。それだけに書くことがためらわれたのです。

今朝《けさ》、わたしは一時間ほど冬の森の中を散歩《さんぽ》してまいりましたが、やっとこの話を書くときが来たことを悟《さと》りました。それにはいくつかの理由があります。わたしの娘《むすめ》と同じような子どもをおもちの親の方々から、長年《ながねん》にわたって、たくさんのお手紙をいただいたのもその理由の一つです。それらのお手紙には、自分はとても困《こま》っているのです、といったことが書かれていました。わたしはそれにたいしては、自分がしてきたことを申しあげるほかありませんでした。多くの方々が、ご返事《へんじ》をいただきたいのです、といってこられたのはつぎの二つのことでした。一つは、わが子をどうしたらよいのか、もう一つは、このような子どもをもった悲しみにどう耐《た》えていったらよいか、ということでした。

前の質問《しつもん》にはお答えできますが、あとのほうは本当にむずかしいのです。なぜなら逃《のが》れることのできない悲しみに耐えるということは、他人から教えられるようなものではないからです。しかも、ただ耐え忍《しの》べばいいというものではありません。耐え忍ぶことは、辛《つら》く、苦しいことであり、自分を痛めつけ、憂《ゆう》うつな気分になり、他の人たちまでも駄目《だめ》にしてしまうこともあります。

耐え忍ぶのは、ただのはじまりではありません。悲しみを受けいれなければならないし、悲しみを十分に受けいれると、そこから自然に新しい道が開けることを知ってほしいのです。というのは悲しみには錬金術《れんきんじゅつ》に似《に》たところがあるからなのです。つまり、悲しみが知恵《ちえ》に変えられることさえあるのです。悲しみが喜びをもたらすことはありませんが、その知恵は幸福をもたらすことができるのです。

この話を書こうと決心したもう一つの理由は、わたしの娘の生命《いのち》が、世代を同じくする人びとになんらかのお役に立てば、と願ったからです。

娘は知能《ちのう》の面で、幼児の水準以上には発育が困難《こんなん》な子どもなのです。彼女は、もうすでに結婚していて、自分の子ども――わたしにとっては孫《まご》――を産《う》んでもよいほどの年齢《ねんれい》になっていながら、今なお依然《いぜん》として子どものままなのです。彼女は決して子どもを産むことはないでしょう。


娘が、これから何年たっても子どものままである、ということを知ったとき、わたしの胸をついて出た最初の叫《さけ》び声は、「どうしてこのわたしがこんな目に遭《あ》わなくてはならないの？」という、そうです、避《さ》けることのできない悲しみを前にした人はだれもが、昔《むかし》から幾度《いくど》となく発してきた、あの叫び声だったのです。

この疑問にたいする答えはありうるはずもなく、じじつ、なにもありませんでした。そして、とうとう絶対に答えがないのだと悟《さと》ったとき、わたしは意味のないものから意味をつくり出そう、たとえそれが自己流の答えであってもよい、答えをつくり出そう、そんなふうに決意したのです。

もって生まれたわが子の能力は明らかにふつうではなく、たとえそれが決して表面に現われることがないとしても、彼女の生命を無駄《むだ》にしてはならないと、わたしは心に決めました。もし娘が音楽の天分《てんぶん》によって世のために尽くすことができないとしても、また健康な身体なのに決して子どもを産むことができないとしても、あるいはまた娘の強い生命力がなんら創造的な働きをしないとしても、今までもそうだったし、現在もそうなのですが、娘がそういう人間であるということ、彼女が生きているということ、そのことが人類にとって有益なものでなくてはならないのです。娘の生命はみんなのようではないとしても、彼女だけのあり方で価値《かち》あるものと認めなくてはならないのです。

娘の生命が無駄ではなかったということがわかれば、防ぐことも、癒《い》やすこともできなかった苦しみを和《やわ》らげてくれることになりましょう。

わたしがこのように心を決めるまでには時間がかかりました。少しずつ、少しずつ決心を固めていったのです。でも、いったん決心したあとでは、娘の全生涯《しょうがい》を通じて、この決心をもちつづけてまいりました。娘を好奇《こうき》の目で見る人たちの、その冷たい目を恐《おそ》れながらも、わたしは目立たないやりかたで、この決心のもとに暮《く》らしてきたのです。

しかしながら、今日、ここに至《いた》って、わたしは自分が恐れてきた人たちのことを忘れることにしました。そのような人は決して多くいるわけではありませんから。そして親切にしてくださった人たちのことを多く思い出すことにしました。その人たちは、この話を書くわたしの目的を理解してくださるでしょうし、またこの目的を果たすうえで力になってくださることでしょう。なぜならその目的はまた、とりも直《なお》さずその人たちの目的でもあると思うからです。

わたしはいつでも人びとの善意にふれるたびに感謝のこもった驚きを感じ、心を動かされてしまうのです。ものごとを好奇の目で見たり、意地の悪い批評《ひひょう》をしたり、人の苦しみを喜んだりする人は非常に少ないのに、親切な人のほうは圧倒的に多いのです。

わたしは、人の心はもともと善《ぜん》であると、信じるようになりました。人の善良さは千差《せんさ》万別であっても、あらゆる人に共通したものであること、世の中には腐敗や堕落があるにもかかわらず、人の善意は広がっていくことができるし、またじじつ広がっていることを、わたしは自分の目で見てまいりました。この、人の心の善良さだけで世界は十分に希望がもてるのです。

年月がたつにつれて、わたしはときどき、娘のためにしたいことの一つとして娘の話を書かなければならないときが来るだろうと、そんな思いにふけることもありました。

わたしは、娘のことを書くことを恐れていました。つい先刻《せんこく》まで恐れていたというのが正直《しょうじき》のところです。しかし、とうとう娘のことを書くときが来たのです。それは、娘と同じような子どもたちを援助しようという、大きな新しい運動が、アメリカ国内にはじまり出したからです。とはいえ、わたしの娘が救われるのにはもう遅すぎたのは確かです。しかし今、悲しい運命を背負《せお》っている、多くの幼い子どもたち、これから生まれてくる子どもたちにとっては、それは決して遅すぎるということはありません。知能の発育の困難な人たちが、われわれ人間社会においてどんな重要性や意味をもっているか、わたしたちはやっと理解しはじめたばかりなのですから。

ほぼ一〇〇人のうちの一人は、このように知能の発育が困難な子ども、あるいは将来そうなる子どもであり、しかもそのほとんどすべてが遺伝《いでん》以外の原因によるのです。「なにか家系に問題がある」といった古い烙印《らくいん》は、完全に間違っている場合が圧倒的に多いのです。

知能の発育が困難な子どもの、全人口における割合は決して大きいとはいえませんが、数はわずかでも、そういう子どもが生まれたところではどこでも、なんらかの問題を必ずひき起こします。まったく自分の責任でないのに、知能の発育が困難な子どもがいるだけで、家庭は不幸に陥《おちい》り、親は気が動転し、また学校では教室が混乱状態になってしまいます。そして親が死亡したり、あるいは世話することができなくなるとか、先生方がさじを投げるということになれば、こうした子どもたちは、救う者もなく、巷《ちまた》をさまよい歩き、そして行く先々で乱暴をはたらくようになるのです。さらにまたこうした子どもたちは、ずる賢《がしこ》い者たちの道具として利用され、救いがたい年少犯罪者となり、そしてついには本格的な犯罪への道へ堕《お》ちてしまうことになります。この子どもたちは、自分がどうしたらいいのかわからないので、こうなってしまうのです。ですから、この子どもたちの非行《ひこう》はすべて無邪気《むじゃき》な動機から生まれて来るのです。数多い神の子どもたちのうち、この子ら以上に無邪気なものはいないのですから。

こうした子どもたちへの理解が広がってきていることを、わたしはとてもうれしく思っています。なぜなら今までの世間の人びとの態度はとても間違っていたからです。子どもの発育が困難である、学校での成績が振《ふる》わない、あるいは話すことさえできない、という場合、親たちは途方《とほう》にくれるだけではなく、恥《は》ずかしいことだと思っていました。そのようなことは秘密として隠《かく》しておくべき不幸なことだという思いからです。

近所の人たちは、だれだれさんの子どもは「おかしい」と陰口《かげぐち》をきくし、家族もまた、うちのかわいそうなハーリーやスージーはただ発育が遅いだけだ、というふりをするように教えられるのです。親が恥ずかしいと思う気持ちが子どもに感染《かんせん》し、また悲しみが暗い雰囲気《ふんいき》を広げ、幼いその子自身は、かわいそうなことに、自分ではなんのことかがわからないままに、劣等感を抱《いだ》くようになっていきます。その子どもは陰鬱《いんうつ》な環境の中で生活することになるのです。母親はその子を見るたびに笑顔《えがお》を見せることができなくなり、父親はその子の姿が見えると、目を外《そら》すようになります。両親にはわが子を思う優《やさ》しい愛情があるにもかかわらず――人間の心というものは、愛情さえあれば、苦難に満ちた望みのない人を心をこめて保護できるものなのですが――、その子は、なにか自分には不幸なところがあるのだと、思ってしまいます。こうしてその子の行くところはどこでも、暗い影がつきまとうようになるのです。

しかし、今こそありがたいことに、その影は取り除《のぞ》かれるのです。知能の発育の困難な子どもたちが人類家族の一員として受けいれられ、幸福になり、また社会にとって役に立つようになるために、その子どもたちにできることを教えることは当たり前のことだ、と賢明《けんめい》な人たちが本気で考えはじめたのです。そのためにはまず、今まで行われなかった調査を本格的にはじめる必要があります。わたしたちは、こうした子どもたちの知能の発育が困難な原因をつきとめなければなりません。治療《ちりょう》のできる原因も、また予防のできる原因もあるにちがいないからです。たとえば、母親が、妊娠《にんしん》初期三か月以内に風疹《ふうしん》にかかれば、生まれる子どもの脳に損傷を受けることはよく知られているのですが、なぜそうなるのかについてはわからないのです。わたしたちはその原因を知る必要があるのです。また、ダウン症の子どもはどこの家庭にも生まれる可能性があります。この子どもは成熟しない状態で誕生《たんじょう》してしまうのですが、ふつう第一子か末子であることが多いのです。わたしたちは母胎《ぼたい》にこういう子どもが生まれる原因があるか否《いな》かについて知る必要があります。また決して完全に発育しないと思い込んでしまう必要はないのです。

今や、この暗い人生の一隅《いちぐう》を照らす窓がついに開かれるときが来たのです。そして輝かしい光がこの子らの顔にも、またこの子らの両親の心の中にも射《さ》し込むようになったのです。

わたしの娘もまた、この新しい光を創《つく》り出すために、いささかなりともお役に立つことができれば、という思いを抱きながら、娘の話をしてまいりたいと思います。

娘は、わたしが今、なにをしているかを知るよしもありませんが、娘と同じ運命にある子どもたちが、人びとからもっとよく理解され、そしてもっとよい境遇に恵まれますように、娘に代わり、娘の名前で、娘の母親であるわたしが、そのつとめを果たしたいと思っています。

すべてをありのままに書くことは決して、なまやさしいことではありませんが、本当にあったことをそのまま書かなくてはなんの役にも立たないことなのです。すべてを書き終わったときには、必ず慰《なぐさ》めがあるにちがいありません。これは崇高《すうこう》な目的のために書かれるものだからです。

わたしの若い頃《ころ》――いえ、それよりもずっと以前にまで遡《さかのぼ》ってみる必要があります。まだほんの子どもで、七歳にもなっていなかった頃、わたしは中国に住んでいました。そのとき、わたしははじめて精神に目覚めたのです。今にして思えば、それまでのわたしはただ遊んだり、自分勝手なことを考えるだけのわがままな子どもであったようです。遊び友だちもごくわずかでした。わたしの仲のよいお友だちに若いアメリカ人の女性がいました。彼女はごく短い間でしたが、わたしの家の隣りに住んでいました。既婚者《きこんしゃ》で、隣家にいた数か月の間に女児を出産しました。わたしが見るはじめてのアメリカ人の赤ちゃんでした。わたしはその赤ちゃんを見て、アメリカ人の赤ちゃんたちがこんなにも優しく、世話を受けるものなのだ、ということをはじめて知ったのです。

毎朝、赤ちゃんをお風呂《ふろ》に入れるときに、わたしは出かけて行って、お湯をついだり、タオルを温めたり、お母さんに着衣を一枚ずつ渡したりしました。気持ちのよい石鹸《せっけん》の匂《にお》いと新鮮な香りのする美しい髪《かみ》の、その碧《あお》い目の赤ちゃんをわたしの腕《うで》に抱かせてもらえたときは天にも昇る気持ちになったものです。それは一日の中で、わたしにとって最もうれしい瞬間でした。

わたしは、多くの、ちがう人種の赤ちゃんを抱いてきた今になっても、あの最初の赤ちゃんを抱いたときの喜びだけは、今でもはっきり思い出せるのです。

わずかな間だけの隣人であったその女性が引っ越して行った同じ春に、わたしには妹ができました。それが救いでした。その頃、わたしの家は揚子江《ようすこう》沿いの古い街《まち》の中心地にあったのですが、もし妹が生まれなかったならば、わたしはたいへん悲しい思いをしたにちがいありません。わたしは妹のために目が回るように忙《いそが》しく手伝いました。妹を産んだ母は回復《かいふく》の見込みのない重い病気にかかっていたために、赤ちゃんの世話は年老《としお》いた中国人の乳母とわたしのうえにふりかかっていたのです。わたしは、その世話をすることがうれしくて、母が病気で死にかかっていることさえ、つい忘れてしまうほどでした。

わたしがそんな昔のことからこの話を書きはじめる気になったのは他でもありません、わたしが自分の子どもを、その生まれる前からすでに、どんなに愛していたかということが、今でははっきりわかるからなのです。わたしはたいていの女性がそうであるように、自分の子どもを欲しいと思っていました。でもわたしの、生命への深い情愛は、自然に生まれてくる憧《あこが》れを深いものにしてくれたと、今、思っています。中国人は生活面のどんなことよりも子どもを大切にしていましたが、わたしがそうした中国人からなにかを学んだのは確かです。中国の人たちは、子どもを自分自身のためだけではなく、それをはるかに超えたもののためにも愛していました。子どもの誕生は人びとの生命がつづいていくことを意味し、しかもその人の生命はすばらしいものであり、なにものにもかえがたいほど貴重なものであるととらえられていたのです。わたしは、自分が育てられてきた環境の雰囲気を吸いとっていたのです。

娘は、わたしが若さの絶頂《ぜっちょう》にあったときに誕生しました。わたしは力と生気の面でも、また人生の喜びの面でも、まさに満ち溢《あふ》れていました。

その頃、わたしが住んでいたところはアメリカ人には珍《めずら》しいところと思われていたのですが、わたしにはそうは思えませんでした。当時、わたしの家は中国北部の、ある城壁をめぐらした小さな町の城外に建っていました。わたしの部屋の窓からは何マイルもつづく平らな畑《はたけ》が見渡され、夏になると、その畑は小麦や砂糖黍《さとうきび》の緑に彩《いろど》られ、また冬には土埃《つちぼこり》の色に覆《おお》われました。

最も美しい季節は春でした。小麦の淡《あわ》い緑のうえに蜃気楼《しんきろう》が見えるからでした。わたしの家の近くには湖も山もなかったのですが、蜃気楼が湖や山を運んで来てくれました。水平線上に夢の風景のように見える湖や山は、まさに本物以外のなにものでもないように思えたものでした。

若い女性なら、だれもがそうであるように、わたしにもたくさんの夢がありました。人生がわかる年頃になっていたわたしは何冊も本を書いてみたいと思っていました。また、いつでも充実感に満ち溢れるような生活をしたいと思いつづけていました。今ふり返ってみると、幸運にもそれまでのわたしはそのような生活にめぐりあっていた、と思います。

申すまでもないことですが、わたしはいつでも子どもが欲しいと思いつづけていましたので、その年の春に、本当に自分に赤ちゃんが生まれることをはじめて知ったときの喜びはそれはそれは大きく、まるで夢を見ているような気持ちになったものでした。

その頃わたしは、自分に子どもが一人しか授《さずか》らないなど、思いもよらないことでした。とてもとても信じられないことでした。それまでのわたしは、すべての面で幸福そのものだったのです。そうです、生まれながらにして幸福に恵まれていたのです。またそのことを当たり前のことのように考えていました。わたしは、わが家《や》が自分の子どもたちでいっぱいになる光景を心に描いていたのです。

わたしがはじめて、わたしの娘と対面したときのことを、今でもはっきりと思い出せます。それは三月のある暖く、日ざしのやわらかい朝のことでした。前の日に、中国人の友人が蕾《つぼみ》をつけた李《すもも》の鉢《はち》をもって来てくれていたのですが、その蕾がその朝、ぱっと開いたのです。麻酔《ますい》からさめたわたしの目に最初に映ったのがその咲いた李《すもも》の美しい花でした。つぎに目に入ったのがわたしの娘の顔でした。若い中国人の看護婦さんが、桃色の毛布につつんだ赤ちゃんを、わたしに見えるように抱きあげてくれたのです。ほんと、わたしの赤ちゃんの美しいこと。そう、珍しいほどの美しさに満ち溢れていました。顔かたちがはっきりして、そのときすでにその目は利発《りはつ》そうな、おだやかな光をたたえていました。

赤ちゃんはわたしと、わたしは赤ちゃんと、互いに理解し合うように目を合わせました。わたしは笑い出しました。

「年の割には、とても利口《りこう》そうに見えなくて?」――わたしは看護婦さんにむかってそういったのを覚《おぼ》えています。そのとき、赤ちゃんは生まれてまだ一週間もたっていなかったのです。

「本当に。それにとてもおきれいですわ。この赤ちゃんにはきっと特別の目的がありますのよ」

と、看護婦さんがいいました。

わたしはこのことばを、今まで何べん思い出したことでしょう。娘が元気に、すくすく育っていくのを見るにつけ、わたしははじめのうち、このことばを思い出しては誇《ほこ》りに思ったものでした。

たしか娘が生まれてから二カ月頃のことだったと思いますが、古くからのわたしの友人がはじめて娘を見に来てくれたことがありました。

娘は、まだ黒い口髭《くちひげ》を生《は》やした男の人を見たことがなかったためでしょう、最初ちょっとその人の顔を見つめていましたが、やがて小さな口をゆがめて泣《な》き出してしまったのです。もっとも本当に涙《なみだ》を流して泣いたわけではありません。娘にはなにか誇りがあったのだと思います。

「これは珍しい、この赤ちゃんはもう見慣《みな》れないものがわかるんだね」

と、友人は目を丸くしていいました。

それから一か月もたたない頃だったと思います。わたしは小さなベビー籠《かご》に入っている娘と船のサンデッキにいたことがありました。わたしたちはちょうど旅行中だったのですが、娘に朝の空気を吸わせようと思い、そこへ出ていたのです。デッキを散歩していた人たちが、つぎつぎにわたしの娘の側《そば》に立ち止まっては、その顔をのぞき込んで行ったのですが、だれもが口々に、この赤ちゃんはまれに見るきれいな子であるとか、深みのある碧《あお》い目はじつに利口そうに見えるとかいって、去って行きました。

わたしはそれを聞いていて有頂天《うちょうてん》になっていました。そして夢がどんどんふくらんで行ったものでした。

わたしは、いつ、どこで娘の知能の発育が止まってしまったのか、いまだに知らないし、またなぜそうなってしまったのかもわかりません。

この娘が順調に成長しない子どもかもしれないという恐《おそ》れをわたしが感じるような要因は、家族の中に何一つありませんでした。

じっさい、わたしは父方、母方とも、いい祖先に恵まれていました。父方の家族には言語学や文学の分野で立派《りっぱ》な業績をあげて有名になった人もいたし、また母方の家族もみな高い教養のある人ばかりでした。

娘の父方の祖先も身体の丈夫《じょうぶ》な人たちばかりだったし、中には有名人も何人かいました。わたしはおよそ恐怖心を抱いたことはありませんでした。じっさい恐れを抱くには、あまりにも無邪気《むじゃき》でした。

わたしが若い頃に見たことのある知能の発育が順調でなかった子どもといえば、ある宣教師の男のお子さん一人ぐらいなもので、その子どもさんには憐《あわ》れみと愛くるしさを感じたものの、それ以外にこれといった特別の印象を受けなかったように思います。

中国人の子どもたちの中には、そのような子どもを見たことは一度もありませんでした。そのような子どもは非常に少なかったようですし、仮にいたとしても、家の中で優しく世話を受けていたのだと思います。あるいはそのような子どもは赤ちゃんのときに死んでしまうのかもしれません。ともあれ、来るべき運命にたいして、わたしほど心の準備のできていなかった者は、他の若いお母さんたちの中ではわたしだけだったにちがいありません。

小さかった娘の身体は、その後どんどん大きく成長していきました。その頃、わたしたちは中国北部から南京《ナンキン》に移り住んでいましたが、そこは北京《ペキン》に次いで中国では歴史も古く、また人情の面でも豊かな都市だったといえましょう。

わたしの家は城内にありましたが、それまでの郊外《こうがい》の生活と少しも変わりませんでした。芝生《しばふ》の庭が広い家は竹藪《たけやぶ》やたくさんの樹木に囲まれていました。幾世紀も昔のこと、城壁が築かれたとき、たとえ町が敵に包囲されても、城内の人びとが籠城《ろうじょう》できるように、城壁の内には十分に広い土地が用意されていたのです。とくにわたしの家の敷地《しきち》は畑と、魚のいる池に取り巻かれていました。子どもにとってそれは健康にもよいし、心楽しいものでした。

娘はその頃も、まだとてもきれいでした。その美しさとは、娘の容姿《ようし》の裏に精神という光が輝いていれば非常に美しく見えるにちがいないと思えるものでした。今になって思うのですが、娘が発育の面でかわったところがあることに気づくのに、わたしが一番遅かった、ということです。なにしろわたしにとってははじめての子どもで、比較するにも相手がいなかったのです。

わたしがはじめて娘のおかしさに一抹《いちまつ》の疑念を抱きはじめたのは、すでに三歳になっていたときです。

それは娘が三歳になっても話ができなかったからです。今ではたくさんの養子《ようし》を世話しているのでわたしにもよくわかるのですが、話をするということは、ふつう、子どもにとっては呼吸をするのと同じように、自然にできることでなくてはならないのです。子どもは、とりたてて話すことを教えられる必要はないのです。成長するにつれてごく自然に話し出すものだからです。

子どもは、意味がわからないままに、人のことばを聞いているうちに、日一日と自分の中で考えたことを人に伝える方法をふやしていきます。

娘は、自然にしておいても、そのうち話し出すだろうと思いつつも、やはりわたしには一抹の不安がありました。

わたしは快適な環境に囲まれていたし、また国民政府は国民から大きな望みを託《たく》されて、その基礎を固めつつある、という中国歴史の新時代は興味をそそられるもので、わたしにとってこうした生活は刺激に満ち満ちたすばらしいものでした。しかしながら、娘にたいする不安は大きくなっていくばかりでした。

娘はたいそう健康そうに見えました。頬《ほお》は桃色で、豊かに伸びた金色の髪は光り輝き、目は健康そのものの鮮《あざ》やかな碧《あお》みをたたえていました。それなのにこの子はどうして話ができないのだろうか？

わたしは娘にたいする不安を友人たちに話し、ついでにその人たちの子どものことも尋《たず》ねてみました。彼女たちの答えは慰《なぐさ》めに満ちたものでした。ときにはそれは度が強すぎるほどに……子どもによってことばの出る年齢はちがうものよ、とか、他の子どもたちといっしょに暮らしている子どもはひとりっ子よりも早くから話すようになるものよ、とか。友人たちは、善意に満ちた人ならばよく使う上べだけの保証をわたしにいっぱい聞かせてくれたのです。わたしはまた、それを信じていました。ずっと後になって、わたしが本当のことを知ったとき、この友人たちに、娘にふりかかっていた悲しい運命のことを、そのときにわかっていたのではないか、と聞いてみました。

その人たちはやはりわかっていたのです。もしやと思った人や、たぶんそうだろうと思っていた人もいましたが……。年配《ねんぱい》の人の中には本当に知っていた人もいたのです。しかし、だれもすすんでわたしにそれを話してくれなかったのです。

今日になってもわたしは、どうしてこの人たちが本当の話をしてくれなかったのだろうか、と思っています。わたしは常日頃から、真実こそ嘘《うそ》の慰めより貴いもの、単刀直入のことばこそ衣《きぬ》を着《き》せたあいまいさより親切であるし、また親友であればあるほど、真実を語らなくてはならないものである、と信じているからです。

避《さ》けられない痛手《いたで》はむしろ早く受けたほうがよいのです。しかし、わたしが娘の知能の発育が進んでいないことをはっきり知ったときは、すでに四歳に近かったのです。そのときはじめて、わたしは悲しい真実に目覚めたのです。

一度に、しかも瞬時《しゅんじ》に、完全に目覚めてしまう人もいますが、わたしのように少しずつ徐々《じょじょ》に目覚めていく人もいます。わたしは最後の最後まで真実を認める気にはどうしてもなれず、また信じようともしなかったのです。

ある夏、中国の、嵐《あらし》のときでさえも波の静かなある海辺で、わたしの真実の目覚めがはじまりました。その夏の、山を背にした海辺は過ごしやすいものでした。朝は海辺で娘といっしょに過ごし、午後は海辺の外《はず》れで、灰色の小さなロバを借り、それに乗って谷間を散歩しました。

その頃、娘は片言《かたこと》を話せるようになっていました。とはいえ、それもほんのわずかにすぎませんでした。でも、わたしの恐れを一瞬でも和《やわ》らげてくれるのには十分でした。

読者の皆さんにも覚えておいていただきたいのですが、その頃、わたしはそのような子どもにたいする知識は本当になに一つとしてもっていなかったのです。今ならば、どんな群衆の中からでも娘のような子どもを見つけ出す自信はあります。もしそのような子どもがいれば、まずわたしの目にとまり、そしてつぎに子どもに微笑《ほほえ》みかけながら楽しそうに話しかけているお母さんにわたしの注意がいくでしょう。お母さんが楽しそうに話しかけているのは、自分の子どもが他の人たちに気づかれまいとする母心からなのです。

しかし、その頃のわたしは、娘が本当はすでに発育がすすんでいないことさえ気がつかず、ただ身振りやほんのわずかばかりの片言の意味を読みとろうとしていたのです。

あるとき、一人の友人が、「お嬢《じょう》さんが話さないのは、ことばを出さなくても欲しいものがなんでも手に入るからなのですよ」と、わたしに小言《こごと》をいってくれたことがありました。

そこで、わたしは娘にまず自分の欲しいものを口に出していうように教えました。でも、娘はその意味がわからない様子《ようす》でした。

しかし、わたしはその頃からすでに意識している以上に、ずっと不安がつづいていたようです。と申しますのは、今でも覚えているのですが、わたしは、あるアメリカ人の小児科医が入学前の子どものことについて講演するのを聴《き》きに行き、わたしの娘になにか非常におかしなところがあるのではないかと思ったことがあったからです。

その女医さんは、わたしにはわからなかった多くの、危険な兆候《ちょうこう》について話してくださったのです。歩きはじめるのも、話しはじめるのも遅いとか、たとえ歩きはじめても、あっちへこっちへと、休む間《ま》もなく走りまわったり、いつでも落ちつきがない、といったことは、すべて危険な兆候だ、というのです。

それを聴《き》いてわたしは、今までは順調に育った身体の生命力だと思っていたものが、もしかすると肉体を制御することのできない精神の過剰《かじょう》エネルギーだったのではないか、と思いはじめたのです。

講演が終わった後で、わたしはその女医さんに、家へ来て娘をみてほしいと、お願いしました。彼女は、明日にうかがいますと約束してくれました。

帰宅してからも、わたしの不安はふくらむ一方でした。しかしだれにも話しませんでした。その晩は一睡《いっすい》もできませんでした。胸のうちに去来《きょらい》するのは、娘だってできるのだ、そうだ自分で食事もできるし、まだボタンははめられなくても自分で衣服を着ることもできる、絵本がとても好きだし、自分で話せなくてもこっちのいうことははるかによくわかるし……といった慰めになりそうなことでした。

でも、わたしは嘘の慰めがほしいなどと思ったことは一度もありませんでした。今度こそ、一刻も早く、本当のことを知りたい、という気持ちでいっぱいでした。

翌日、お医者さんがみえて、長い時間をかけて、娘をみてくださいました。やがて頭を

ふって、
「どこかが悪いのですが、わたしには見当がつきません。別のお医者に相談する必要がありますね。どこが悪いかがわかれば、教えてくださるでしょう」
と、いわれました。

お医者さんは、わたしにはわからなかったり、見ようとしなかった危険な兆候を指摘してくださいました。

娘の注意は特定のものにほんの一瞬しか集中しないこと――それは年齢の割からみてもふつうの標準よりもはるかに短いものでした――、歩く動作は身軽《みがる》でもこれといった目的がほとんどまったくなくて、ただ動いているというだけであること、目は碧《あお》く澄《す》みきっていたのですが、その奥を凝視してみると、うつろになっていること、しかもその目は落着かず、反応もみせず、また変化しないこと、など。娘にはどこか非常に悪いところがあるのは確かでした。

わたしはそのお医者さんにお礼をいい、彼女は帰って行かれました。わたしはなんとなくもの足りなさを感じたのですが、これ以上、お引きとめしたところで彼女から教えてもらえることはなかったので、お帰りいただかねばなりませんでした。彼女もまた、たぶん、それ以上のことはおわかりにならなかったのだと思います。親にむかって、最愛の子どもが成人にまで決して発育しないことを伝えるのは何よりもしのびないことです。後になって、わたし自身、同じようなことを幾度《いくど》かしたことがあります。わたしは自分の気性から決して遠慮しなかったのですが、それはとても辛《つら》いことでした。心がずたずたになるような思いをするのも、一度や二度ではありませんでした。

翌日、お医者さんたちがわたしの家に来てくださいました。わたしは今でもそのときの様子を一つ一つ手にとるように思い出すことができます。

わたしの家には海に面して広いベランダがありました。それは太陽の輝く朝のことでした。海は紫がかった青一色に広がり、波はゆるやかに寄せてきては岸に白くくだけていました。

娘は中国人の看護婦さんといっしょに砂遊びをしたり、海に入ったりしていました。わたしが呼ぶと、二人は竹林を抜ける小径《こみち》をのぼりながら、戻《もど》って来ました。

心の底には恐れを抱きながらも、お医者さんたちの前に立った娘をわたしは誇りたい気持ちでいっぱいでした。娘は小さな白い水着を着ていて、日焼けしたその身体は強く、しかも美しい形を見せていました。

娘は片手に桶《おけ》とシャベルを、もう一方の手には白い貝をもっていました。

「この子はどこも悪そうに見えないじゃないか」

と、一人のお医者さんがつぶやきました。

それからお医者さんたちはいろいろのことを尋《たず》ねはじめました。わたしはすべての質問に正直に答えました。今となっては、正直にすべてを打ち明けるよりほかに道はないと、思っていたからです。

わたしの話を聞きながらも、お医者さんたちは娘をじっと見つづけていました。そして理解しはじめたようでした。

娘の手から貝が落ちました。でも娘はそれを拾《ひろ》おうとしませんでした。彼女はうなだれたまま立っていました。

わたしの両親とも知り合いの、いちばん年配のお医者さんが、娘を膝《ひざ》に抱き上げて、反射作用を調べはじめました。娘のその反射作用は弱く、ほとんどないといってもよいくらいでした。

集まってくださったお医者さんたちはみな、親切な方ばかりでした。わたしはその診断の結果と、これからどうすればよいかを教えてほしいと、頼みました。

お医者さんたちは正直に話し、助言してくださる気持ちがあったのだと、わたしは今でも、そう思っています。でも、お医者さんたちは娘のどこが悪いのかがわからなかったのです。仮に悪いところがわかったとしても、どうすればそれを治《なお》せるのかはわからなかったのです。

わたしはひとりで、黙《だま》って坐《すわ》り、じっと娘を見つめていました。

お医者さんたちはみな、娘の発育が止まってしまっている、という点では意見が一致していました。が、その原因はだれにもわかりませんでした。肉体のうえにあらわれた兆候はほんのわずかしかなく、わたしが先に申しあげたことがそのすべてでした。

お医者さんたちは、娘が前に病気をしたことがないか、高熱を出したことがなかったか、どこからか落ちたことはなかったか、といろいろ尋ねてくださったのですが、わたしにはどれも思い当たるふしはありませんでした。

娘は生まれたときから丈夫で、世話がよかったためか、一度もけがをしたことがなかったのです。

「お嬢さんを、アメリカに連れてお帰りにならなくてはいけませんね」

と、最後にお医者さんたちはいわれました。

「アメリカにいるお医者ならばどこが悪いかがわかるでしょう。私たちには、なにか悪いところがあるということしかわかりませんので。」

それからというもの、このような子どもの親だけが知っている、あの長い悲しい旅がはじまったのです。

わたしは、娘と同じような子どもの親たちとじっくり話しあった経験が幾度となくありますが、どなたの経験も同じでした。どこかに自分の子どもを治《なお》してくれる人がいるにちがいないと信じてその人を探して、世界中を歩きまわるのです。もっているお金をすべて使い果たし、さらにそのうえに、借《か》りられる限り、お金を借ります。お医者であれば、そのよしあしをかまわず、藁《わら》にもすがる気持ちで、その人のところへ出かけて行きました。

このような親たちの心配を種に金儲《かねもう》けをする、良心のひとかけらもない人の手にかかって騙《だま》されるということもある一方、親たちの気持ちに共感し、自分は治してあげられないが、といいつつ助言してくれても、お金のないことを知って一銭もとらない立派な人に出会うこともあるでしょう。

わたしも同じように、地球の上のあっちこっちへ行ったり来たりして歩きまわりました。希望はしだいに薄れていったのですが、娘のことを決して治らないと断言してくれるお医者がいなかったために、希望を完全に失うところまでいきませんでした。

「まったく望みがないとは、いえませんが……」という、あの最後に、いつでもためらいがちに聞かされることばについ引かれて、わたしもほかの親たちと同じように、望みをもちつづけていたのです。

また別の理由から、年月がたつにつれて、わたしはいっそうやりきれない気持ちにひたるようになりました。娘はしだいに大きく成長していくにつれて、片言がふえ、赤ちゃんっぽいしぐさが目立つようになってきたからです。

もっともわたし自身に恥ずかしいと思う気持ちがなかったのは、人のどんな欠点でも、ありのままに受けいれる中国人の中で成長してきたからに他なりません。

わたしが中国で暮らしている間に、目の見えない人も、足の不自由な人も、耳が聞こえないために話せない人も、また身体の形がととのっていない人も見たのですが、どの人も、みんなと同じようにふつうに生活していたし、またなんのこだわりもなく、だれからも受けいれられていました。といっても、その人たちの欠点が無視されていた、というのではありません。ときにはそれがその人のあだ名になっていたこともあるくらいです。

たとえば、わたしがまだ子どもであった頃の遊び友だちの中に、片方の脚《あし》が曲がっているために「びっこのチビ」と呼ばれていた男の子がいました。わたしたち西洋式の考え方では、その子の欠点をあだ名につけるというのは、ずいぶん残酷《ざんこく》なことに思われたのですが、中国人にはそういう気持ちはいっさいなかったのです。その子の脚《あし》が曲がっているのは事実だし、その曲がっているというのはその子の一部であってそれ以外ではないと、中国人は考えていたのです。このようにその不運を当たり前のこととして受けとめられると、その子自身にとっても、心の安らぎになったようでした。

アメリカ人の友だちがその子の曲がった脚を見ない振りをするよりは、その子にとっては、はっきり曲がっている、といわれるほうが、かえって気づまりではなかったのです。不運を不運として受けとめ、それを隠す必要などはなかったのです。本人も他の人たちもあるがままの姿をそのままに認めている場合、本人も他の人たちと同じように扱われるほうが、たとえ優しい気持ちから出たにしても、見ない振りをされるよりは快《こころよ》いものなのです。

さらにまた中国の人たちは一度天が授《さず》けてくださった以上、どんなふうに生まれようとも、それはその人の運命であり、その本人の罪でも、また家族の罪でもないと、信じていました。

また、中国人は、心の優しさからでしょう、一方で不幸な目にあえば、他のところで必ず天は償《つぐな》いをしてくれるとも信じていましたから、目の見えない人はいつでも尊敬の念をもって遇され、同時に畏《おそ》れられていました。目の見えない人はただものが見えないというのとはちがって、はるかに高遠なことも感じていると、考えられていたからです。

わたしと娘が中国の人たちの中で暮らしている間じゅう、こうした中国人たちのかもしだす飾《かざ》り気《け》のない雰囲気を十分に吸っていました。中国人の友人たちはあたかもわが子のことを話すような気安さで、わたしの娘について、いっしょにあれやこれや話したり、考えたりしてくれました。

でも、この人たちもなにが悪いのかがわかるほどの経験はなかったし、ときには娘が悪いことさえわからないほどだったのです。

「お嬢さんの知恵の眼がまだ開かないのですよ」というふうに考えているらしく、「人によって知恵づきの早い人もいるし、また遅い人もいますからね、辛抱《しんぼう》して待つことですよ」といってくれたものです。

この古い街の、くねくねと曲がった通りを歩いているときに、娘がわけもなく立ちどまって、手をたたいても、また理由もなく躍《おど》り出しても、気にする人はいませんでした。

中国の人たちは、娘にもわたしにも、本当に親切にしてくれました。仮に娘のしぐさに気がつく人があったとしても、娘のしていることが喜びを表わしているのだと解釈して、笑顔を送ったり、いっしょになって大声で笑ったりしたものです。

どの人もみな、このように親切なのではないことを、わたしは娘と上海《シャンハイ》に行ったときにはじめてわかりました。わたしたちは表通りで、アメリカ本土から着いたばかりと思われる二人の若いアメリカ人女性に行き会いました。二人とも高価な衣服を身にまとっていました。二人は娘をじっと見ていましたが、わたしと娘が彼女たちとすれちがったとき、わたしはそのうちの一人が、

「あの娘《こ》はナッツよ」

というのを聞いてしまったのです。

わたしはその俗語を聞いたのははじめてだったので、どういう意味かは人に聞かなくてはわかりませんでした。じつはその意味は、表現するのもはばかられるような蔑視語だったのです〔訳者注―ナッツ（nuts）はアメリカの俗語で「くるくるパー」を意味します〕。その日以

来、わたしは娘を人の目からかばうようになったのです。

長い悲しい旅の細かいことについて、いちいち申しあげる必要もないでしょう。わたしたちは海を越え、小児病院はじめ、甲状腺の専門医や心理学の専門家を求めて、ほうぼうへ出かけて行きました。今になってみれば、それはすべて無益なことであったことがわかります。でも、そんなことをしても無益なのだと教えてくれなかった人たちを、今さら責める気持ちはありません。中には知っていた人もあったと思います。でもおそらくそういう人も本当のことは知らなかったのかもしれません。

とにかく、人に会うたびにわたしはまた、他の専門家のところへ行くようにすすめられたのです。千マイルも離れた、遠いところに住んでいようとも……。

甲状腺《こうじょうせん》のある有名な専門医がわたしに、もしや、という希望を与えてくださったことがあります。その医師のもとで、娘は一年間にわたって、甲状腺の薬を飲みながら、治療を受けたのです。それも結局、なんの効果もなかったのですが、わたしはそのことを後悔していないのです。この一年間にわたしが知ったことがらから、わたしは、数年後に、その治療を受ければ治る子どもを見つけ、救うことができたからです。

あるとき、わたしは四歳になってても手と膝《ひざ》で這《は》っている男の子どもに出会いました。その子は皮膚《ひふ》が乾き、髪は艶《つや》がなく、身体は青黒く、また身体《からだ》つきは不格好《ぶかっこう》で、弱々しく、知能も遅れていました。そうした症状を見て、わたしはその子どもはきっと甲状腺の治療で治ると判断したのです。

わたしはその子どものお母さんのことをよく知らなかったのですが、かつて友人たちがわたしに本当のことをいってくれなかったことを思い出して、思いきってそのお母さんのところへ行って、わたしが思っていたとおりのことを教えてあげたのです。

しばらくの間、そのお母さんは顔を赤らめて、黙っていましたが、わたしにはその人が心の中で、激しく動揺しているのがよくわかりました。

そのお母さんは本当のことを知りたくなかったのです。でも、心の中では、知らなくてはならないと覚悟《かくご》していたのです。

わたしはそのまま家に帰ってきました。

わたしが帰った後で、そのお母さんは、結局、子どもを甲状腺の専門医のところへ連れて行って、治療を受けはじめたのです。その甲斐《かい》があって、その子どもは完治したのです。その子どもは知能が遅れていたのではなくて、甲状腺の分泌の不足に原因があったのです。何年もたってから、わたしはちがう土地でそのお母さんに再会したことがありました。彼女はわたしのアドバイスにたいしお礼をいわれました。

でも、本当のことをいうのは、どんなときでも、勇気のいることなのです。

ある冬の日、わたしと娘の悲しい旅はミネソタ州のロチェスターで、ついに終わりました。そこのメイヨー病院でのことでした。

そこで毎日のように、たくさんの精密検査を受けました。検査がすすむにつれて、わたしには自信がわいてくるような思いがしてきました。これだけの研究と知識があれば、必ず真実がわかり、またどうすればよいかもわかるにちがいないと、わたしは思ったからです。

最後にわたしたちは小児科部長の部屋にまいりました。日はすでに暮れ、院内の人たちはほとんどが家に帰った後でした。病院の大きな建物は静まりかえっていて、虚《うつ》ろな感じを与えていました。窓の外には暗闇が深々とせまっているだけでした。

小さな娘は疲れきっていて、わたしに頭をもたせかけながら、静かに泣き出しました。わたしは娘を膝《ひざ》の上にのせ、お医者さんのお話を聞きながら、抱きしめていました。

そのお医者さんは親切な立派な方でした。背の高い、まだ若い方で、その目は優しさにあふれ、その態度は、人を急がせたり、心配させたりしたくないというふうに、ゆったりとしていたのを、わたしは今でも思い浮かべることができます。

お医者さんは、娘が検査を受けた各科から集まって来ていたデータを片手にもっていました。そして診断を下してくださったのです。

多くのデータは娘にとってよい結果を示していました。身体はどこもいたって健康でした。娘の身体は生まれながら健康に恵まれていたのです。

他にもよいデータがありました。娘にはある種の恵まれた才能――ことに音楽の才能――があることがわかりました。また、ある種のハンディキャップに耐えうるすばらしい個性にも恵まれていました。でも、知能は著しく遅れていたのです。

わたしはそのときまで毎日のように、くりかえしてきていた質問を、そのときもまたくりかえしました。

「なぜなのでしょうか?」

お医者さんは頭を振って答えられました。

「わたしにはわかりません。出生前か後かはっきりしませんが、いつの間にか発育が止まってしまったのです。」

お医者さんはわたしを急《せ》き立てようとはしませんでした。わたしは娘を抱いて坐りつづけていました。

このような経験をもたれた親ならだれでも知っておられるように、果てしもない大きな心の痛みは肉体の苦痛となって、筋肉や骨の髄《ずい》まで滲《し》み込んで行くように感じられました。

「望みはないのでしょうか」

と、わたしはお尋《たず》ねしました。

親切なそのお医者さんは、望みなどない、といった惨《みじ》めなことばを口にすることが耐えられなかったにちがいありません。とはいえ、確信があったわけでもなかったのでしょう。

かといって、自信がないともいえなかったにちがいありません。

最後に、「わたしはあきらめずに、いろいろやってみるつもりです」といって、口を閉ざされました。

それがすべてでした。

小児科部長は家へ帰りたかったにちがいありません。じっさい、それ以上、そこにいる理由もなかったのです。

お医者さんはできる限りのことをしてくださったのです。わたしと娘はその部屋を出て、再び広い、がらんとしたホールのほうへ歩いて行きました。

その日も終わり、わたしはつぎになにをしたらよいかを考えなくてはなりませんでした。

そのときわたしには、生きている限り、感謝しなくてはならない一瞬が、幸運にも訪れたのです。

もし娘が治りますよ、といわれたとしたら、わたしの感謝の気持ちははるかにはるかに大きなものになったにちがいないのですが、それができないことだとすれば、わたしはやはり一人のお医者さんに深く感謝しなければなりません。その方は、わたしと娘が通りすぎようとしていた人気《ひとけ》のない部屋から静かに出て来られたのです。小柄《こがら》で、目立ちにくい方で、眼鏡《めがね》をかけておられました。そして見た目にも、またことばの訛《なまり》からみても、ドイツ人であることがすぐわかりました。

わたしはそのお医者さんにはすでに小児科部長の部屋で、一、二度お会いしたことがありました。データの束《たば》をもって来て、ものもいわずに出て行かれたのがじつはそのお医者さんでした。そのときまでは、特別の注意も払わなかったのですが、こんどはわたしはその方の存在をはっきりと認めたのです。

部屋から、ほとんど音もなく出て来られたそのお医者さんは、手まねきでわたしを呼ぶと、人気《ひとけ》のない部屋について入るように指示してくださいました。わたしはなかば戸惑《とまど》いながらも、腕にしがみついている娘を連れてその部屋に入って行きました。

彼は早口に、不正確な英語で話しはじめました。その声は荒々しく、その目はわたしをじっと睨《にら》んでいるように見えました。

「部長は、お嬢さんが治るかもしれないといったのでしょうか」

と、そのお医者さんは返事を促《うなが》すように、口を開きました。

「あの先生は――あの先生は駄目《だめ》だとはおっしゃいませんでした」

と、わたしは口ごもりながら答えました。

「わたしの話すことをお聞きください」

と、そのお医者さんは、命令するように、こういわれました。

「奥さん、このお嬢さんは決して治りません。空頼《からだの》みはおやめになることです。あなたが望みを捨て、真実を受けいれるのが最善なのです。でなければ、あなたは生命をすりへらし、家族のお金を使い果たしてしまうでしょう。お嬢さんは決してよくならないのです。――おわかりですか。わたしにはわかるのです。わたしはこれまでにこのような子どもを何人も何人もみてきました。アメリカ人はみな甘《あま》すぎるのです。しかし、わたしは甘くはありません。あなたがどうすればよいかがわかるためには、苛酷《かこく》なほうがよいのです。

この子どもさんは、あなたの全生涯を通し、あなたの重荷になるはずです。その負担に耐える準備をなさってください。この子どもさんは決してちゃんと話せるようにはならないでしょう。決して読み書きができるようにはならないでしょう。よくて四歳程度以上には成長しないと思います。奥さん、準備をなさってくださいとくに、お嬢さんにあなたのすべてを吸い取ってしまうようなことをさせてはなりません。お嬢さんが幸福に暮らせるところを探してください。そしてそこに子どもさんを託《たく》して、あなたはあなたの生活をなさってください。わたしはあなたのために本当のことを申しあげているのです。」

わたしは今でも、あのお医者さんのいわれたことばを正確に思い出せるのです。きっとそのときの衝撃が、それらのことばをわたしの脳裏《のうり》に、写真のように焼きつけたのだと思います。また、わたしはあのお医者さんがどんな方であったかも、正確に思い浮かべることができます。わたしよりも背の低い、小柄なあのお医者さんは蒼白《あおじろ》い顔をしていました。その小さな刈り込まれた黒い口髭の下の、その唇《くちびる》は妥協のなさを表わしていました。あのお医者さんは無慈悲にさえ思えました。しかし、事実は決してそうではなかったのです。今になって、わたしはあのお医者さんが辛《つら》い気持ちで話してくださったことがわかります。あの方は真実を大切にしておられたのです。

わたしはあのとき、自分でなにを申しあげたのか、覚えていませんし、また果たしてなにかを申しあげたのかも思い出せないのです。今覚えているのは、わたしが再び娘と二人だけになって、果てしなく広いように思われたホールを歩いて、外へ出たということだけです。

わたしはそのときのわたしの感情を筆で表わすことはできません。同じような瞬間を通ってきたことのある人には、語らずともわかっていただけるでしょうし、またその経験のない人には、たとえどんなことばを使ってみても、わかっていただけないことですから。それを表現する道があるとすれば、ただそのとき、わたしの心は絶望して血を流している、そんな感じであったと、申しあげるより他ありません。

娘は広いところに出たのがうれしかったのでしょう、跳んだり、踊ったりしていました。そして涙にゆがんだわたしの顔を見て、大きな声を立てて笑うのでした。

これはすべて遠い昔に起こったことでしたが、しかし、わたしが生きている限り、わたしはことが終わったなどと思うことはできないのです。あのときのことは、今でもわたしのもとにとどまったままなのです。

わたしはもちろん、あの小柄なドイツ人がわたしにいってくださったことばによって、すべて諦《あき》めたわけではなかったのです。

でも、あのとき以来、わたしの心の奥底では、あのお医者さんのいわれたことは正しかったのであり、もはや望みはないのだ、ということがわかっていたのです。

あの最後の審判が下ったときにわたしはそれを受けいれることができました。すでにわたしは無意識のうちにそれを認めていたからです。

わたしは、娘を連れて、また中国の家に帰ったのです。

お名前も存じあげないあのお医者さんにたいするわたしの感謝の気持ちは決して消え去ることはないでしょう。あのお医者さんは、わたしの傷を深く切開しましたが、その手際《てぎわ》は鮮やかで、しかもすみやかでした。わたしは一瞬のうちに、避《さ》けることのできない真実に直接顔を合わせることになったのでした。

2

わたしが今書いていることは決してわたしだけの体験ではないのです。それは多くの親たちにとっての共通の体験なのです。発育の困難《こんなん》な子どもがいれば、必ず傷つき、心を痛めている家族がいるのです。

このごろ、知能の発育が困難な子どもをもつ親たちが互いの理解と支援を求めてつくった団体を見かけることがよくありますが、その会員はほとんどが若い人たちです。

その人たちのことで、わたしは胸が痛むのです。なぜって、その人たちが最後の苦しみの日まで歩みつづけて行かなくてはならない、その道程の一つ一つをわたしはよく知っているからです。

つい先日も、そのような人たちの一人が来られて、こういわれました。

「うちの子が入学を拒否《きょひ》されたのです。近所の人たちは、うちの子が近くにいることを嫌《いや》がっているのです。近所の子どもたちはうちの子によく意地悪をします。いったい、わたしたちはどうしたらよいのでしょう。どこへ行けばいいのでしょう。うちの子もやはり人間なのですよ。同じアメリカ人ですよ。ですから、うちの子にもいろいろ権利があるはずです。そうお思いになりませんか。同時に、わたしたちにも権利があるはずですわ。そうでしょう。このような子どもが生まれたからといって、それは犯罪でもなんでもないんですから。」

確かにそれは犯罪などではありません。でも多くの人たちは——学校の教師も近所の人たちも——それをあたかも犯罪であるかのように平気で扱っているのです。もしあなたも知能の発育が困難な子どもをおもちでしたら、わたしの申しあげることはすべて、おわかりになるでしょう。

避《さ》けることのできない事実として、わたしの娘が他の子どもたちのように成長することがない、ということを認めたとき、わたしには自分に二つの問題が残されていることを知ったのです。そしてその二つの問題とも、わたしには耐えられそうもなかったのです。一つは娘の将来の問題でした。いったい、肉体的には年齢《とし》をとるまで生きのびて、しかもいつでも人の助けが必要な子どもを、だれが安全に守ってくれるというのでしょうか。どうみても娘はわたくしよりも長生きする可能性があるのです。わたしの家系は代々長生きする系統なのです。わたしも長生きするとしても。でも、わたしは悲しみと恐れという重荷を背負《せお》っているのに、娘のほうは、その幸福な、子どもっぽい精神はなんの負担も感じていないのです。心配も恐れもいっさい、娘には関係のないことなのです。

もし娘がわたしよりも長生きしたら、いったいどうなることでしょう。そうなったら、だれが娘の面倒をみてくれるというのでしょうか。

にもかかわらず、娘の幸福な様子を見ていると、不思議な慰《なぐさ》めがあるのです。娘が無心に遊ぶ、その様子を見て、わたしは一心に悲しみを抱きながらも、この子はきっと天国の天使のように人生を送るにちがいないと、考えるようになっていったのです。

娘にとって生きていくことのきびしさは、生涯わからないにちがいありません。彼女は、自分が他の人たちとちがっていることもわからないでしょう。娘はこれからもずっと子どもらしい喜びと無責任さをもって生きていくことになるでしょう。そしてわたしのつとめとは、彼女の安全と、日々の糧《かて》と、住むところと、そして親切を保証することなのです。

月日がたつにつれて、娘が自分のこともわからないということにたいして、わたしは非常に感謝するようになりました。つまり、もし娘がふつうに成長することのできない人間として運命づけられているというならば、いつまでも子どものままでいることをありがたいことだと思うようになったのです。なにか自分が他の人たちとはちがっていることをぼんやりとでも自覚している人こそかわいそうな人なのです。わたしはそのような人に会ったことがあります。そのような人たちが、自分を卑下《ひげ》して、「自分は役立たずだから」とか、「自分はどうせナッツなんだから」とか、あるいはまた「わたしは、ふつうじゃないから結婚できない」などと話しているのを聞いたこともあります。その人たちは、自分のいっていることの意味についてよくわかっているわけではないのですが、でもかわいそうなことに、わずかでも知っているということで、十分に苦しい思いをしているのです。

わたしは、娘がそのような人たちのようにならなかったことにたいして、神様に感謝しているのです。

娘は晴れた日も雨の日も、それぞれに楽しむことができます。スケートをしたり、三輪車に乗ることは大好きだし、また喜んで人形ごっこをしたり、玩具のお料理をつくって遊びます。砂遊びもできます。海岸の砂浜を走ったり、波とたわむれることも好きです。

中でも最も好きなのは音楽を聴くことです。何時間でもレコードに聴き入って、自分の心を安心させたり、音楽の才能を確かめたりすることもできるのです。どうやら、内に隠された天賦《てんぷ》の才が、すばらしい交響曲を聴いているうちに、娘のうえに、静かな、動きのない恍惚《こうこつ》の境地となって現われてくるようでした。娘は口元に微笑をたたえて、わたしにも見通せないはるか彼方《かなた》を見つめて、その境地に心酔《しんすい》するのです。

娘は、ある種の音楽には、他の音楽よりもはるかに惹《ひ》き込まれるようです。たとえば、教会音楽、とくに讃美歌を聴くと、娘はむせび泣きし、それ以上、聴くことができなくなってしまうのです。娘がどんなふうに感じているかがわたしにもわかるような気がすることがあります。目には見ることができなくても、信じなければならない神様に捧《ささ》げられたあの波打つような人びとの合唱には、なにか無限の悲哀《ひあい》がこめられているからなのです。娘は、低い声で歌うクルーニング〔訳者注―わざと感傷的に歌う曲〕や安っぽいリズムはすべてきらいでした。流行歌のたぐいもいっさい、好きになれませんでした。だれかがジャズ・レコードをかけようものなら、娘は苦しそうな様子になって、必ず「いや、いや」「それはきらい」と叫《さけ》ぶのです。そして、そのレコードをレコードプレーヤーから外すだけではなく、部屋の外に出してしまわないと、気がおさまりません。一方、偉大なクラシック音楽であれば、いつまでもいつまでも深い感動をもって聴き入っているでしょう。

この夏、家に帰ったときには、娘はレコードプレーヤーの側《そば》に坐り、身じろぎもせずに、ベートーベンの「交響曲第五番（運命）」を終わりまで聴いていました。しかも全部終わったあと、もう一度、はじめから聴かせてほしいというのです。

娘の好みには間違いがないのです。本能的な働きなのでしょうか、娘は、おびただしい数のレコードの一枚一枚を正確に知っているのです。字が読めないのですから、どうしてそれがわかるのか、わたしにもわからないのですが、娘は一枚のレコードを他の多くのレコードの中から正確に見分け、そして自分の気分にぴったりするレコードが自分で見つかるまで探すのです。

わたしがこのようなことを書くのは、それが償《つぐな》いの一つであるからです。娘と同じような子どもをおもちの親の方々に、このような償いがあるのだということを知っていただきたいからでもあります。これらの小さな子どもたちはみな、それぞれに自分の喜びを知っているのです。

わたしの知っている小さな男の人の場合――わたしはあえて「小さな」という形容詞を使っているのですが、じつはその人は肉体的には立派な成人なのです――、明るい色の布切れを集めることに創造的な喜びを感じています。布の色合いや地《じ》のちがいを見ては喜び、何べんでもそれをいろいろに分類するのです。決してあきないのです。

彼の親は、息子が喜びを表現する道が得られたことをとても喜んでおられました。たとえそのような表現様式が世の中のためにならなくても、その人を満足させ、その心を豊かにしてくれることに、その親は感謝せずにはいられなかったのです。もちろん、たくさんの明るい色の布切れと画家が使う絵具箱との間には、物質的に見れば大きなちがいはありましょう。でも、本質的にはその人にとっても画家にとっても、布切れも絵具箱も同じであるはずです。なぜなら、その人も画家も、それらのものに同じ精神的満足を見出しているのですから。

わたしが親たちに申しあげたいのは、もし自分の子どもがふつうに発育することができないことがわかった後でも、子どもが自分の状態を自覚するようになる可能性がない場合には決して悲しむことがない、ということです。その場合、人生の重荷はその子どもから取り除かれるからです。ただし、どうしたらその重荷に耐えられるかを学んでいかなければならないあなたの肩に、その重荷はのしかかってきます。

避けることのできない悲しみにどう耐えていくかを学ぶことは、決してなまやさしいことではありません。わたしは今になってやっと、わたしの学んできた道を一つ一つ振りかえってみることができるようになりました。

とは申せ、かつてわたしも、それを学ぶ過程にあった頃には、それは非常にむずかしいことでした。目の前の一歩一歩は本当に越えがたい山のように思われたものでした。なぜなら、親よりも長生きするはずの子どもの生命を、どうしたら保護できるか、という問題に加えて、自分自身の惨《みじ》めな生活をいったいどうしたらよいか、という問題ものしかかっているからです。人生のすべての明るさも、親としての誇《ほこ》りも消え去ってしまうのです。いえ、誇りがなくなるばかりではなく、それ以上に、生命がその子でもって途絶《とだ》えてしまうような生々《なまなま》しい感じさえするものなのです。つまり、世代から世代へと受けつがれていく生命の流れが堰止《せきと》められてしまうような、そんな感じなのです。死んだほうがもっと楽《らく》かもしれない、死はそれで終わりなのですから……そんな感じなのです。かつてあったものはもはや存在しないのです。もしわたしの子どもが死んでくれたら、どんなにいいかと、わたしは心の中で何べんも何べんも叫んだものでした！

このような経験のない人たちにとっては、これは恐るべきことのように聞こえるにちがいありません。でも同じ経験をもっている人たちには、おそらくこれはなにも衝撃を与えるようなことではないのです。わたしは娘に死が訪れることを、喜んで迎えたでしょうし、今でもやはりその気持ちに変わりはないのです。もしそうであれば、娘は永遠に安全であるからです。

人がこのような思いやり深い死のことについて考えるようになるのは無理もないことなのです。ときどき知能の発育が困難な子どもを死なせた人の話を新聞で読むことがありますが、そのような人たちにわたしは心の底から同情せざるをえないのです。その行為の裏にある愛と絶望の気持ちがよくわかるからなのです。避けられないことがはっきりわかったときにおそいかかってくる絶望だけではなく、その後の生活で、その絶望が毎日毎日、大きく広がっていくのです。わが子が昨日とまったく変わっていないことを見せつけられる日を、毎日毎日、過ごしているうちに絶望はますます深まっていくのです。このような子どもを世話することはとてもむずかしいのです。そのむずかしさに加えて、どんなに長生きしても、ただ肉体としてしか成長しない身体の世話をする、生き生きした表情で反応することのない目を見つめる、手さぐりする手をもってあげる……そんな将来に望みのない義務をいつまでも果たしていかなくてはならない、という気持ちは、絶望をさらに深いところへと、追い込んでいくものだからです。

さらにその絶望に加えて、恐怖と、「いったい、わたしがいなくなったらだれが面倒をみてくれるのだろうか」という疑問が押し寄せてくるのです。

とは申せ、わたしが新聞で読んだように、もし親たちが自分の権利でないものを自分のものとはきちがえて、子どもの生命を断つことをしたというのであれば、それははっきり間違ったことだ、と断言しなければなりません。愛情のあまり、子どもの生命を断つことはありうるのですが、それはやはり間違っているのです。人の生命にはわたしたちが測《はか》り知ることのできない神聖なものが宿《やど》っているのです。人はだれでもその神聖なものは感じているのです。そのことは、どんな社会でも、自分の利益のために人を殺すことが罪であると考えられているのをみてもわかります。社会によってはある種の犯罪者には死が命じられているのですが、罪なき者が殺されてよいということはありえないのです。そして、発育の困難なこうした子どもたちほど罪のないものはないのです。

殺人はあくまでも殺人です。もし万が一、親に子どもを殺す権利が与えられたとするならば、その結果は、この世にとって絶対によいものにはならないはずです。その社会が罪のない者を殺せる権利をもつとするならば、その結果は考えただけでも恐ろしいものになるのです。まっさきに殺されるのは、おそらくだれも助けようのない子どもたちに限られるでしょうが、やがてはだれも助ける者のいない高齢者も殺してもかまわないことになるかもしれません。さらに良心がマヒしてしまえば、偏見で人を殺すことも権利として認められ、ある色の皮膚《ひふ》の人種や、またある種の教義を信仰する人たちもが絶滅されてしまうことになりかねません。

ですから、このようなことを防ぐためには、たとえ生産性がなくても、罪のない者の生命を断つ可能性のあることはいっさい、認めないという方法しかありません。もし認めてしまえば、被害を受けるのは殺されるほうではなく、殺す人なのですから。「安楽死」（ユーサネシア）ということばは長いなめらかな響きをもっています。えてして長いなめらかなことばは危険を感じさせないものですが、この「安楽死」もその危険性を内に隠しています。でも、危険はやはり危険として認めなくてはならないのです。


さて避《さ》けることのできない真実を、もしこのわたしが容易に受けいれることができたなどと申したら、それはわたしのいいのがれによる、といえましょう。その険《けわ》しい道を歩いておられる人たちのために、わたしは自分の心の中の葛藤《かっとう》が長い年月つづいたことを正直に申しあげたいのです。

常識から考えても、義務を果たさねばならないという信念から考えても、この禍《わざわい》がわたし自身の生活や、親類や友人たちの生活をもこわしてはならないのです。

とはいっても、心が混乱しきっているときには、いつでも常識や、義務の教えるとおりに動けるものではないのです。常識や義務の信念の命ずるとおりに動くことができないのだと悟《さと》ったわたしが、妥協策としてとったのは、話をしたり、笑ったり、あるいは世間に起こるできごとに興味をもっているように見せかけたりして、できる限り、表面では、わたしは変わったところがないように振る舞うということでした。でも、その裏では、わたしの魂《たましい》は反抗の焔《ほのお》に燃え、独《ひと》りぽっちになった瞬間に、涙が溢《あふ》れることがしばしばありました。

申すまでもないことですが、わたしがこのような表面だけの振る舞いをつづけていたときはいつも、人と誠意をもって交わるという経験をもつことはできませんでした。きっと交わる人たちも、わたしの表面的な明るさや浅薄《せんぱく》さを感じるものの、自分たちにもよくわからないながらも、わたしの心の底にあるきびしい冷たさに反発を感じたのではないかと思います。それでもなお、わたしはやはりうわべを飾らずにはいられなかったのです。というのも、それもわたし自身を守る一つの手段であったからです。その頃のわたしにとっては、自分の心の奥底にあるものを、他の人と分かち合うなどということはとてもできなかったのです。

今は、平然として、このようなこともお話しできるようになったのですが、それはわたしにとって、すべてがすんだことだからなのです。

わたしは自分に与えられた教訓《きょうくん》を今までかかって学んできました。しかし、取り除くことのできない悲しみを抱きながら生活しつづけていくには、ではどうすればよいのか、ということについて申しあげることは、わたし自身にとっても興味のあることであり、また、どなたにもその過程を知るには意味があることなのではないかと思いますので、わたしはそれをこれから、申しあげていきたいと思います。

取り除くことのできない悲しみを抱きながら生活するには、いったいどうしたらよいかを悟る過程の第一段階は惨《みじ》めで、支離滅裂《しりめつれつ》なものでした。前にも申したとおり、いっさいのものに喜びが感じられなくなってしまいます。すべての人と人との関係だけではなく、あらゆるものが意味を失ってしまうのです。風景とか、花とか、音楽といった、わたしが以前には喜びを見出したものも、すべて空《むな》しいものになってしまいます。じっさい、わたしはどんな音楽も、聴いていられなくなってしまいました。その後、再び音楽に耳を傾けられるようになるまでには、何年もかかってしまいました。

この学びの過程がかなりのところまですすみ、わたしの魂が理解して、ほとんど妥協のできる境地に近づいた頃でさえ、わたしは音楽を聴いていることができませんでした。

その頃、わたしは自分のすべき仕事はしていました。家の中が清潔《せいけつ》で、きちんと整頓《せいとん》されているように、また花瓶《かびん》には花を生《い》け、庭には花壇《かだん》をつくって薔薇《ばら》を咲かせ、食事が正しく用意されるように注意を払いました。またお客を招くこともありましたし、自分が住む地域で果たさなくてはならない義務も怠《おこた》りませんでした。

でも、それらはすべてなんの意味もなかったのです。わたしの手がおきまりの仕事をしていたに過ぎなかったのです。わたしが本当に生きていたのは、娘と二人きりで過ごした時間だけでした。だれも来ないことがわかって、ひとりだけでいるときは、わたしはわたしの全身をすべて悲しみにまかせて泣《な》いていたものでした。そしてわたしの魂は運命にたいして、できる限りの反抗をこころみたのです。それでもわたしは自分の泣く姿を娘には見せまいとつとめました。娘はわたしが泣いているのを見ると、じっとわたしを見つめたあと、笑うからでした。そして、わたしはいつも、しまいにはこの何も理解できない娘の笑いに打ちのめされてしまったのです。

わたしはいつ、どのようにしてわたしの魂の転換がきたのか、はっきり覚えていませんが、それはわたし自身の中から生まれ出てきたのは確かです。

まわりの人はみな、親切でした。でもだれからもほんとうに助けられることはありませんでした。おそらくそれはわたしのせいであったかもしれません。というのはわたしがあまりにも表面では滑《なめ》らかで、しかも自然に振る舞っていたために、だれもわたしの心の内を見ることができなかったからでしょう。それにまただれも遠慮して、表面にあるものの奥に決して入って来ようとしなかったせいでもあります。避《さ》けることのできない悲しみを知っておられる人ならば、わたしの申しあげることがわかっていただけると思います。

世の人びとが、避けることのできない悲しみを知っている人と、まったく知らない人の二種類に分けられることをわたしが知ったのは、その頃のことでした。なぜなら、悲しみには和《やわ》らげられるもの、和らげられないもの、という根本的にちがう二つの種類があるのですから。

親の死は悲しいものです。死んだ親は二度と再び帰って来ないからです。でもそれは逃《のが》れることのできる悲しみです。それは、だれでも、ごくふつうの人生を送っている以上、いつかは出会わなければならない自然の悲しみです。しかしながら、決して治らない身体の損傷は逃れることのできない悲しみです。そのハンディキャップを受けたままの姿で生きていかなければなりません。なによりも健康な人たちとはちがった生活をしなければなりません。

和《やわ》らげることのできる悲しみとは、生活によって助けられることも、癒《いや》されることもできる悲しみのことですが、和らげることのできない悲しみとは、その生活をも一変させ、悲しみそのものがそのまま生活になってしまうような悲しみのことなのです。なくなる悲しみは和らげることができますが、生きている悲しみは決して和らげることができないのです。

ブラウニング〔訳者注―イギリスのヴィクトリア朝の抒情詩人、心理描写に秀れていた〕がかつて詩《うた》ったように、それは流れに投げ込まれた石のようなものなのです。水は自分のほうからわが身を割って、やがてまた一つの流れになるよりほかに方法はないのです。水は石を動かすことができないからです。

とうとうわたしは、顔を見たり声を聞くだけで、その人が、終わりのない悲しみを抱きながら生きるということがどういう意味かを知っている人か否《いな》かが、わかるようになりました。また、そのような人がとても多いこともわかりました。そしてその人たちの悲しみが、わたしの場合と同じような原因からきたものであることもわかり、驚くとともに悲しい気持ちになりました。そのことでわたしが慰められたわけではありません。その人たちもまたわたしと同じ重荷を背負っていることを知ったからといって、わたしにはとても喜ぶことができなかったからです。そしてわたしは、その人たちが悲しみを抱きながら生き方を悟《さと》ることができるのなら、わたしにもできるはずだと思いました。

今にして思えば、それがわたしの魂の転換のはじまりであったようです。その頃には、娘は、もう絶対に治らないのに、その後もずっと生きつづけていくのだと思ったときに突き落とされた絶望が、底なしの泥沼《どろぬま》のようなものになって、わたしはそこにはまり込み、どうにもならなくなっていたからなのです。あまりにも深く、大きな絶望は、身体全体を駄目《だめ》にし、考えることもできなくし、エネルギーもなくしてしまうものなのです。

わたしのもちまえの健康もまた、わたしの魂の転換には多少関係があったように思います。太陽が昇って、そして沈んでいく、四季がめぐってきて、過ぎていく、家の庭に花が咲き、通りを人が過ぎていく、また町から笑い声が聞こえてくる……といったことがわかるようになったのです。

とにもかくにも、悲しみとの融和《ゆうわ》の道程がはじまったのです。その第一段階は、あるがままをそのままに受けいれることでした。そのことは意識のうえでは一日で起こったようにも思えます。「このことは決して変わらない、決してわたしから離れるものではない、またたれもわたしを助けてくれることはできない以上、わたしはこのことを受けいれるほかないぞ」と、はっきり、自分にいい聞かせた瞬間があったのです。でも、じっさいは、いっきにそこへたどりつけたわけではないのです。わたしは何度も何度も泥沼にすべり落ちたのです。自然にすくすくと育ってゆく近所の子どもたちが、わたしの娘には決して話せないことを話したり、娘には決してできないことをしているのを見るだけで、わたしは打ちのめされたようになったものでした。

でも、わたしはその絶望のどん底から這《は》い出ることを学びました。そして這い出て来たのです。そして「これがわたしの人生なのだ。わたしはそれを生きぬかなくてはならないのだ」と悟ったのです。


月日がたつにつれて、わたしは生きていく以上、悲しみを抱いて暮らしていても、その中で楽しめることは大いに楽しむようにつとめるのは当たり前だ、と思うようになっていきました。

その頃のわたしは、それまでにあまりにも深く親《した》しんでいた音楽には、まだなじめなかったのですが、他に喜びを見出せるものがいくつかありました。今思い出してみると、まず最初にわたしが喜びを見出したのは読書でした。そのつぎはたぶん、花だったと思います。夢中になったというわけではありませんが、家の薔薇《ばら》の世話をはじめました。ひとたび心がそのように向きはじめると、わたしは、そうだそうだ、前にはこんなこともあったのだということに、いろいろ気づくようになりました。また、それまでわたしの身辺に起こったことは、じつはわたしを変えていただけで、他のものにはなにも影響を与えていなかったのだということに気がつきました。

とは申せ、それでもまだわたしが真剣に娘をどうするかを決定するまでは、本当の意味で、自分の生活をとり戻したことにはならなかったのです。

しようと思えばできたことや、またしなければならないことがいくつもありました。娘をいつまでもわたしのそばにおいておくか、それとも同じような子どもたちといっしょに生活することのできるところへ託《たく》すべきか、ということもその一つでした。いったい娘はわたしと暮らすことが幸福なのか、それとも同じような子どもたちと暮らすことが幸福なのか。もちろん、娘がわたしといっしょに暮らすことで安全であるならば、わたしはそうするのが一番よいことだと思っていました。わたしほど娘のことをよく理解でき、またわたしほど娘の世話がよくできる人が他にいるとは思えなかったからです。さらにまた、娘を産んだのはこのわたしであり、娘のことはわたしの責任であったからです。

ちょうどその頃、娘のこの世の中における立場が本当にひとりぼっちなのだ、ということがわかったのです。この世は、弱者のためにできていなかったのです。もしわたしが若死にしたら、いったい娘はどうなるのでしょうか。

わたしたちはその頃、中国に住んでいました。考えられる最善の方法は娘を母国アメリカに連れて行き、福祉施設に託す、ということでした。でもそうなれば、娘はそこでは、孤独な、母も、また大好きな中国人のお手伝いさんもいない、そのうえ、娘にとってこういうものが家庭だと意味づけていたものが一つもない、たったひとりの生活に自分を慣《な》らしていかなくてはならないのです。娘にはそのような環境の変化にひとりで適応していくことはとてもできない相談です。もちろん娘には自分の環境がなぜそのように変わらなければならなかったか、などということはわからないはずです。当惑と悲しみのために娘は、自分をどうすることもできなくなってしまうでしょう。

わたしの生きているうちに、またわたしが娘の力になれるうちに、娘がそのような生活に適応していけるようにすることが最善ではないだろうか、という考えがわたしに浮かんできました。つまり、わたしが近くに住むのです。そうすれば娘は、母がいつでも自分に会いに来てくれることがわかり、このわたしの家から新しい施設へ、徐々に自分の根を移しかえていけるのではあるまいか、と。

娘の将来の安全性にかんする限り、わたしにはすでに決心がついていました。それは、わたしの生活のうえに起こった特殊な事情で、いっそう早くなったのです。中国に内戦が起こり、革命《かくめい》が勃発《ぼっぱつ》したからなのです。

わたしは、すでに他のところにも書いたことがあるのです。ある日、共産軍《きょうさんぐん》の兵士たちがわれわれアメリカ人や、その他の外国人の家々を襲《おそ》って人を殺したために、わたしたちは生命《いのち》を守るために隠れなくてはならない事態になったのです。そのときわたしの決心ははっきりした形をとるようになったのです。

ある親切な中国人の女性がわたしたちを自分の小さな茅葺《かやぶき》の小屋にかくまってくれました。その、とてつもなく長く感じられたその日一日、わたしは家族といっしょに、死に直面しながら、身じろぎもせずに息をひそめていなければならなかったのですが、そのときまっさきに考えたのは娘のことでした。もしわたしが死ぬことになったら、まずわたしより先に娘が死ぬようにしなければならないという考えにいたったのです。あの乱暴きわまりない兵士たちの手に娘を残していくことは、どうしてもできないことだったからです。

今も書きましたように、これはまったく特殊な事情であったのです。読者の皆さんは、このような目に遭《あ》われることは、まずないと思います。でも、発育の困難な子どもをもった人にとっては、この問題の本質はみな同じではないかと、わたしは思います。わたしたちは子どものために、わたしたちの死んだあとのことを考えなくてはならないのです。


また月日がたつにつれて、娘には仲間がどうしても必要なのだ、ということもわかってきました。娘のところに遊びに来てくれた友だちも、最後までつき合ってくれた人はいませんでした。親切で、娘を気の毒だと思ってくれた友だちも、さていっしょにいるとなると、なにか気が張るように感じられたようです。そして、それが今度は逆に、娘やわたしにも気づまりに思われてくるようになりました。娘のために、娘の世界を探そう、そしてその世界の中に住まわせなければならない、ということがはっきりしてきたのです。

再び、小さな事件が起こり、それによってわたしの考えははっきりとかたまりました。わたしの家の近所には大勢の中国人が住んでいましたが、それに混《まじ》って、何人かのアメリカ人たちも住んでいました。そうした隣人の一人に、娘と同じ年齢の子どもがいました。彼女とわたしの娘とは互いにパーティに呼び合っていたのですが、ある日、遊びに来たその娘さんが、小さな子どもがよくするように、だれにいうとはなく、

「ママが、もうあのかわいそうな子をパーティに呼ばないようにしようと、いっていたわ。だから、このつぎからもう呼べないの」

といったのです。

つぎのときから、本当に招待は来なくなったのです。そして、その家との間には深い溝《みぞ》ができはじめたのです。そのとき、わたしは娘のために別の世界を――娘が軽蔑《けいべつ》されることも、嫌《いや》がられることもなく、そして娘が同じ程度の友だちがもてる世界を――探そう、そして娘が正しく理解され、愛され、尊敬されるところに住まわせなければならないと、悟ったのです。わたしはその日をもって、娘のためによい学園を探し出そうと決心したのでした。

さらにもう一つ、とくにわたしの場合、つぎのようなこともあったのです。最も親しくしていた中国人の数人の友だちに、わたしの決心を話したことがありました。ところが彼

女たちはそれを聞いて不安そうな顔をされたのです。中国人はそのような学園を信頼していなかったのです。

弱者は、子どもであろうと高齢者であろうと、とにかく家族が面倒をみなくてはならない、というのが彼女たちの考えだったのです。それは、たとえどんなに親切でも他人は家族ほど親切だとはとても思えない、という至極《しごく》もっともな理由によるのです。

中国には「老人ホーム」はないし、また西洋の影響でつくられたものを除けば「孤児院」もないのです。また精神病の人や知力にハンディキャップを受けている人の施設もないのです。こうした人たちは、みな、生きている限り、家庭で世話を受けているのです。ですから、娘を家から出すという考えは残酷だと、彼女たちは考えたのです。

わたしは、アメリカの家庭は中国の家庭とはちがうのだと、説明したのですが、それは無駄《むだ》でした。中国の家庭は安定していて、同じところで何代にもわたって、家族が生活しつづけてきているのです。何代でも、生きている限り家族は同じ屋根の下に住み、互いに責任を分かち合っているのです。弱者にとっては、このような家族は確かに理想的にちがいありません。

彼女たちは、わたしが自分の故郷にそのような家がないことが、とても信じられなかったのです。わたし自身、遠く離れた国で育ったために、親類はわたしには他人と変わりなかったし、まして、わたしが死んだあと、娘の世話を頼めるなどとは、夢にも考えられませんでした。それに親類はみな、それぞれに別々の離れたところに家庭をもっていました。もしわたしがその人たちに娘を頼んで死んだとしても、その人たちが厄介《やっかい》に思うのは火を見るよりも明らかなことなのです。

アメリカの社会は、まぎれもなく個人主義の社会なのです。古い文明の社会ならば家族が個人にすることを、国家がしなければならないようになっているのです。このことを中国人の友人たちに説明することはとてもむずかしいことでした。同時に、娘さんをぜひ、家におくべきだと、といいはる彼女たちの訴えに、動かされまいとすることも、とても苦しいことでした。

決心がついたものの、つぎの問題は、ではいったい、いつどのように実行するか、ということでした。その頃までに、わたしは娘を入れたいと思うところは経費がかかることをすでに承知していました。でも、その頃のわたしには、それだけのお金を支払う余裕はとてもありませんでした。また申すまでもないことですが、わたし以外にそのお金をたて代えてくれる人はいませんでした。

わたしは娘にしてやりたいことをするために、自分でなんとか道を講《こう》じなければなりませんでした。

今、わたしは自分のことばかり申しておりますが、わたしがしてきたことが、どなたでもできるとは限らないことを承知しています。本当のことを申せば、わたしは十七歳の、まだ学校にいる頃にはじめて自分で生活費の一部を自分で稼《かせ》げるようになってからこれまで、お金のことを一度も考えたことがなかったのです。人に頼らずに生きていくうえで最も大切なことは、自分がなにをしたいかということだと思ってきました。そして、自分のしたいことがわかれば、その道は必ず開けたのです。このわたしの習性は依然《いぜん》として根強く残っていたのです。

ときが来たら、アメリカに帰って、娘の住むところを探す決心をしていました。決心をするということには測り知れない安心感があるものです。また決心には目標があります。泥沼の中に投げ込まれた、導きの綱にしがみついて、わたしは日一日と絶望から這《は》い出ることができました。そしてそれにつれて、わたしには目標がいよいよはっきりとわかるようになってきました。

とは申せ、わたしがこれからなにをするつもりなのかを知っても、またそれをどうして実行に移すかを考えても、わたしは逃れ出ることのできない悲しみを癒《いや》すことはできませんでした。でもそう知り、またそう考えることでわたしは生きる力を得たのです。

そしてわたしの魂の力を、反抗のために使うことをやめました。わたしはそれまでのように「なぜ」と問わなくなりました。問わなくなった本当の秘密は、自分自身のことや悲しみについて考えるのをやめて、娘のことだけを考えるようになったところにあります。とは申しても、このことは、わたしが人生との闘《たたか》いをやめたことを意味するのではありません。そうではなくて、これはわたしが徐々に、あるいは手さぐりで人生と調和するようになったということです。わたしが、自分を中心にものごとを考えている限り、人生は耐えられないものであったのです。そしてその中心をほんの少しでも自分自身から外すことができるようになったとき、悲しみはたとえ安易に耐えられないにしても、耐えられる可能性のあるものだということを理解できるようになったのです。

わたしは娘を手離す前に、娘の将来の住処《すみか》をしっかり選び出すために、自分で娘の能力がどのくらいあるかを徹底的に理解しなくてはならない、と思いました。そしてそのために一年間というもの、家事以外の時間の全部を娘のために使う決心をしました。まず読み書きを、また色の区別を教えてみようと思いました。また音楽が好きだったので、楽譜も覚えさせ、さらに少しでも歌えるようにしたいと思いました。果たして娘にこのようなことができるようになるか否《いな》かについては、わたしにはわかりませんでした。でも大事なのは、できるということとともに、できないということも知ることでした。

当時、中国で起こっていた事件が予想外の形でわたしには幸いしました。新たに台頭《たいとう》してきた革命勢力が暴力でもって南京《ナンキン》を占領してしまったために、すべての白人は一時、南京を離れなくてはならなくなったからなのです。

南京が占領されたのは春もまだ浅い頃で、わたしたちは日本を目指しました。それは長崎の港に間近《まぢか》い美しい山の中で、平和な夏を過ごすためでした。

美しい平和な夏、という意味では、その夏は本当に幸福なひとときだったと思います。わたしたちは森の中の日本家屋《かおく》に住み、財産はなかったのですが、責任のない、自然に帰った生活を送ったのです。悩みの多い歳月を送って来たわたしにとっては、心の痛みが癒《い》える毎日でした。わたしは早朝に、蟹《かに》や魚を売りにくる親切な日本の漁師以外には知人は一人もいなかったのですが、わたしがちょっとした台所仕事をしている間に、娘は好きなところを走り回ることができました。わたしは日本の女性たちがするように炭火を起こして料理をつくり、米や魚や果物を食べて暮らしました。


わたしは、ちょっと横道にそれますが、否応《いやおう》なしにとらされたこの愉《たの》しい休暇の間に会った何人かの日本人に、ささやかな感謝の贈物《おくりもの》をしたいと思います。

その夏も終わり頃、わたしは余暇《よか》を利用して、日本のあちこちを旅行することにしました。お金を倹約するためと、一般の日本人に会いたい気持ちから、娘とともに汽車の三等列車に乗りました。駅では、立ち売りしている御飯《ごはん》と漬物《つけもの》と魚の入っている小さい清潔な折詰弁当《おりづめべんとう》を買い求めて、いただき、お茶も飲みました。娘はこの旅行で、生まれてはじめて、びん詰の、殺菌《さっきん》された新鮮な温かい牛乳を飲みました。

　夜になると汽車を降り、日本人しかいない小さな村の清潔な旅館に泊まりました。玄関で靴《くつ》をぬぎ、部屋係の女性が出してくれるスリッパをはき、お風呂場に案内されてから、部屋に通されました。夕飯には、塗物《ぬりもの》の器に入っている鳥や肉の汁《しる》や、卵や魚や御飯やお茶が出ました。そして食事がすむと、壁の脇の押入れから柔らかい、汚れ一つない布団《ふとん》が出され、きれいな畳の上に寝床ができあがるのでした。

　わたしは、よく夜半《よわ》に目をさまして、淡《あわ》い月の光に照らされている庭を見つめることがありました。その庭はおそらく一間《いっけん》四方しかないほど小さなものであったと思うのですが、そこになにか広い空間と無限を暗示するなにものかを感じたものでした。それは日本人の大才的才能によるものでした。

　どこへ行っても、わたしたちは親切に、また丁寧《ていねい》にもてなされました。娘が他《ほか》の子どもとはちがうことに気づいた人は一人もいなかったようです。娘はだれからもありのままに受けいれられ、それ以上は望めないほど優しくもてなされました。それは、わたしたちにとって心の痛みを癒《い》やすのに十分すぎるほどに思えました。

秋も終わり頃になってから、クリスマス前にわたしたちは中国に戻り、上海《シャンハイ》に一年間ほど住むことになりました。南京《ナンキン》に戻るのはまだ危険だと教えられたからです。娘と二人きりで暮らしたその一年ほどは、わたしにとってはとてもよい勉強になりました。今になってその一年間をふりかえってみると、わたしが今、人間の精神についてもっている本当の知識のすべては、その期間にわたしのものになりはじめたことがわかります。

わたしたちの住んでいた家には、同じような避難民《ひなんみん》の家族が、他に二家族住んでいて、わたしたちは一番上の三部屋を借りていました。そこでわたしは、娘とわたしのその日その日の予定を立てました。そのうちの大半は娘にできることがなにかを知るために使われました。

わたしは辛抱《しんぼう》強く、娘の能力に歩調を合わせていくために自分を押さえ押さえていきました。短気は一種の罪悪でした。そのようにして、稽古《けいこ》と遊戯《ゆうぎ》とが入り混ったような学習が、一年間ほどつづけられることになったのです。

この一年間を事細《ことこま》かに述べることは、今となっては大事なことではありませんが、ただ娘がかんたんな文章なら読めること、非常に努力すれば自分の名前が書けること、また歌がとても好きだったので、やさしい歌ならばひとりで歌えるようになったことだけは、ここで申しあげたいのです。とはいえ、娘になにができるかは、どれもそれ自体としてはたいした意味がなかったのです。わたしは、やらせれば娘はもっともっと発達すると思っていました。

でも、ある日のこと、わたしはいつものように娘にやさしく、文字を書かせていたときに——やさしく、といっても稽古《けいこ》のときには、どちらかといえば、わたしは厳格でしたし、またときには熱心のあまり、無情なこともあったのではないかと恐れるのですが——わたしは娘の手をとって文字を書かせようと、偶然、わたしの手を娘の小さな右手に重ねたことがありました。なんとその手は汗でびっしょり、ぬれていたのです。わたしはその両手をとって、開いてみました。両手ともびっしょりとぬれているではありませんか。そのとき、わたしは、娘がわたしを喜ばせようとする天使のような気持ちから、ただわたしのために、非常に緊張しながら、自分では何もわからないことに一所懸命になっていたことを知ったのです。娘は、本当はなに一つ学んでいなかったのです。

わたしはまたまた、自分の胸が押しつぶされるように感じました。やっとわれに帰って冷静になったとき、わたしはそこらにあった本という本を、二度と目にふれないように遠ざけてしまいました。この可憐《かれん》な魂に無理をさせて、できないことをさせて、いったいなんの役に立つというのでしょうか。もっともっと頑張《がんば》れば、娘も少しは読めるようになったかもしれません。でも、本を楽しむことは決してないでしょう。また、自分の名前ぐらいは書けるようになったかもしれません。でも自分の意思を人に伝える手段として、書けるようになることはなかったことでしょう。娘は音楽を聴いて楽しむことはできました。でも曲をつくることはできなかったことでしょう。とは申せ、娘もまた人間でしたから、幸福になる権利をもっていました。その娘にとっての幸福とは、彼女ができる範囲内で生活することができる、ということであったのです。

「さあ、表に出て、仔猫《こねこ》と遊びましょう」

と、わたしはいいました。

娘の小さな顔は、信じられないというような喜びでいっぱいになりました。その喜びを見ただけで、わたしは報《むく》いられた、という気持ちになったのです。

そのとき以来、わたしは幸福こそが、彼女の世界である、とひとり心で固くきめました。わたしは娘にたいするすべての野心も、またすべてのプライドも捨て切り、そして彼女のあるがままをそのままに受けいれ、それ以上のことはいっさい期待しまいと、心に誓《ちか》ったのです。もし娘のとざされた知能の眼が少しでも開くときが来たならば、そのときは、わたしはただ感謝すればよいのですから。娘が一番幸福でいられるところであれば、どんなところでも娘の世界、娘の家になるでしょう。

わたしは娘が九歳になるまで、わたしのそばにおきました。そしてそれから、娘の生涯の住処《すみか》を探しに出かけたのでした。

3

アメリカに帰国したわたしは、まるで外国人のようなものでした。そのために、いろいろ困《こま》ったことがありました。わたしにはいろいろなことを教えてくれる友人も、また知りたいと思うことを知っていて、わたしに協力してくれるような人もいなかったからです。でも、便利なこともありました。

わたしは、自分が求めているものがなんであるかを知っていたし、また中国人の間で暮らしてきたお蔭で、最も大切なもの——つまりは人間の価値——を求めることを知っていたからです。わたしはお金だけでものごとを判断してはならないことを、自分に固くいいきかせていました。もし理想的なところが、費用がとても高いというのであれば、自分で払える方法を講《こう》じたいと願っていました。わたしは若くて、丈夫《じょうぶ》だったし、いい教育も受けていました。この三つの条件がそろっているのだから、娘のために必要なものは用意できるはずだと思っていたのです。

その翌年には、たくさんのことを学ぶことができました。わたしはいろいろのところへ出かけて行く必要がありました。学園（施設）の名称がいっぱい書き込まれている一覧表を手に入れたうえに、さらに行く先々で、他のところも、いろいろ尋《たず》ねてみることにしました。

こうした広範囲にわたる訪問の一つ一つについて詳《くわ》しく申しあげてもあまり意味がないと思いますが、わたしと同じように学園を探しておられる方には、お役に立つこともいくつかありました。

まず第一に、わたしは、運動場とか設備だけでその学園のよしあしを判断してはいけないことを知りました。見ばえがよく、贅沢《ぜいたく》な設備がととのっている学園が子どもたちにとって最も悪いものであった、という例もいくつもありました。自分の目でそのようなところを見たことがありました。

ある学園ではわたしは一日中、園長にともなわれて見てまわったことがありました。その園長はすばらしい設計の運動場や建物のすみずみまで案内してくれました。子どもたちは確かに栄養もよく、その世話もゆきとどいていました。そこには常勤の医師も心理学の専門家もいました。子どもたちのための指導員たちも、小《こ》ぎれいで、気持ちのよい人たちばかりでした。学園の建物も立派だし、子どもたちのつくった手工品もきれいに並べられていました。

その学園には音楽部もありました。園長はこの学園では子どもたちに隠されている可能性を最大限に発達させるよう、あらゆる努力をしています、と話してくれました。

その園長自身も有能で、活気がみなぎっている女性で、決して不親切には見えなかったのですが、わたしは頭の中で、娘がその園長と並んでいるところを想像してみました。すると、なにか二人の間に温かみが欠けるように、わたしには思われたのです。また園長が一人ひとりの子どもと深くかかわっている、というわけではないのだ、という思いもしてきました。

わたしは、たしかにその学園からよい印象を受けたので、時間がたつにつれて、娘をそこへ託《たく》すとして、さて驚くほど高い経費をいったいどうしてつくろうか、などと考えはじめていました。

やがて夕方になって、わたしが帰りのバスを待つ間、園長と二人で広い玄関の前にいたときに、一つの事件が起こったのです。それによって、わたしはその一日がまったく無駄《むだ》だったことがわかったのです。

一台の自動車《バス》が来て、止まり、つづいて一群の少女たちがその車から降り、踏み段をのぼって玄関を横切って行きました。少女たちは、みなこの学園の園生たちで、十代の子どもたちばかりでした。園長の前を通るとき、少女たちは礼儀正しく園長に挨拶《あいさつ》し、園長もそれにこたえていました。わたしは、園長が鋭《するど》い目で少女たちを凝視しているのに気がつきました。

すると、突然、

「みんな、お待ちなさい」

と、園長は少女たちを呼び止めたのです。

彼女たちは、なかば怯《おび》えたような様子で、その場に立ち止まりました。

「頭をあげて歩かなくてはいけないと何べんいったらあなたたちはわかるのですか。踏み段のところまで戻ってもう一度やり直しなさい」

と、園長は、はっきりと、しかも高圧的な調子で命令したのです。

園長が監視しているその前で、園生たちはすぐそのことばにしたがいました。

少女たちが寄宿舎の中に入ってしまうと、園長は得意気な顔をわたしのほうにむけて、説明するようにいいました。

「子どもたちが、行儀《ぎょうぎ》よく部屋に出入りするように教えるのが、わたしの務《つと》めなのですよ。知能の発達の遅れている子どもたちは、みんな頭を下げて歩きますからね。それがあの子たちの特徴なんですの。わたしは、それをすっかり直してやらねばならないと思っているんです」

「なぜですの？」

と、わたしは尋《たず》ねました。

園長は肩をすぼめて、

「ここにいるのはみな、社交界でも有名な、良家の子どもたちばかりなんですの。親御《おやご》さんたちは、娘さんを連れて歩くとき恥《は》ずかしい思いをしたくないとお思いなのですわ」

と、半ばさげすんだように、笑いました。

「そればかりではありませんの。ブリッジをするときには、どういうふうにトランプのカードをもって、本当にブリッジをしているように見せかけるかも教えなくてはならないのですよ」

「またそれは、どういうわけですの」

と、わたしは聞きかえしました。

「わたしも生活がかかっているからですわ」

園長は、すなおにそう答えました。

わたしたちはそこで別れました。しかしそのとき、わたしは娘をこの美しい学園に入れる気がすっかりなくなっていたことを悟《さと》ったのです。

わたしが求めていたのは、男性でも女性でも、まず第一に子どものことを考えてくれる人だったのです。もちろんだれでもみな生きていかなくてはなりませんが、でも、なにをさておいてもパンを求めようとしなくても、パンはいとも簡単に手に入って驚くこともあるのです。

このことがあってから、わたしは園長にふさわしい人が学園長をしているところを探すのがよいのだ、と悟りました。職員が園長よりも立派であるとは思えませんので、人の上に立つ人が一番立派でなくてはならないと考えたのです。わたしは設備や建物を見るのを止めてしまいました。ただし、遊べるだけの場所と日光と新鮮な空気はぜひとも必要だ、と思いました。

北によりすぎた地方にある学園は、戸外《こがい》に出られる季節が短いので考えないことにしました。娘は亜熱帯の気候に慣れ、戸外の遊びがとても好きでしたから、運動場と、最低限の清潔さがあって、世話もよいという条件の他に、あとはふさわしい人——そうです、温かみがあって、人情味のあふれた人を求めるだけにしました。

今まで母国に住んでいなかったために、わたしの籍《せき》のある州はどこにもなかったのです。そのため、娘を州立の学園に入れるのは、ことのほかむずかしいことでした。そのうえ、州立の学園には、入園したい子どもがたくさんいて、順番を待っていました。じっさい州立の学園にはいろいろ行ってみたのですが、ほとんどがぎゅうぎゅう詰めで、子どもたちはきびしい日課で生活していることがわかりました。いくつもある大きな部屋の中で、つまらなそうに、じっと腰かけにかけて、いつまでもいつまでも何かを待ちつづけている大勢の子どもたちの姿を見たとき、わたしはほんとうに胸がしめつけられるような思いがしたものでした。

「子どもたちはなにを待っているのですか?」

ある日、わたしは案内をしてくれた人に尋ねてみたことがありました。

「なにも待っているのではありませんよ。ただ坐っているだけなんです。あの子たちはああして坐っていたいだけですよ」

と、その男の人は、驚いたようにいいました。

「どうして、あの子たちは他のことをしたがっていない、とわかりますか?」

と、わたしは尋ねてみました。

その人は、わたしの質問をそらすようにいいました。

「一日に二回ぐらい、子どもたちをみんな立たせて、建物のまわりを歩かせています。」

でも、子どもたちは本当はなにかを待っていることをわたしは知っていました。だれもがなにか楽しいことが起こるのを待っているのです。ただ、なにを待っているのか、おそらく子どもたち自身にもわからなかったのかもしれません。でも待っていたことは確かなのです。いくら感受性のとぼしい魂でも、苦痛や喜びを感じない、ということはありえないのです。この子どもたちもまた人間です。——それを理解することがなににもまして大切なことなのに、子どもたちの世話をしている人たちがほとんどそれを理解していないことを、わたしは知りました。

この、知能の発達が困難な子どもたちは人間であり、人間としての苦しみ——自分ではよくわからない深い深い苦しみを味わっているのです。人間はどんなことがあっても、単に動物ではないのです。

このことだけは絶対に忘れてはならない、とわたしは思います。人間は永遠に獣《けもの》以上のものなのです。たとえ知能の発達が困難で、ことばを話せず、そして人との意思の疎通《そつう》にこと欠くことがあるにしても、人間としての本質はあるのです。あくまでも人間は人類家族に所属しているのです。

ある州立の学園でびっくりするような体験をしたことがありました。そこへははじめて訪ねて行ったのですが、身の毛もよだつようなところでした。肉体的には青年か、中にはすでに老人になっていた園生たちは、見ただけで知能の発達が困難であることがわかりました。その人たちの平均知能年齢は一歳以下のように思えたのですが、みな犬のように、一つのところに押し込まれていたのです。みなキャラコか粗《あら》い麻《あさ》でつくった袋のようなものを着せられていました。そして床《ゆか》の上におかれている食べものを手づかみで食べていました。

そこではトイレに行く習慣も教えられていないらしく、コンクリートの床を日に二、三回水で流しては汚物《おぶつ》を始末している様子で、ベッドも床にじかに不潔な藁布団《わらぶとん》を敷いたきりでした。

もちろんこうした扱い方にはそれなりの理由はあったのです。そこでは園生たちはなにを教えても無駄《むだ》で、ただ死ぬまで生存しているに過ぎないもの、と考えられていたからです。なかでも、わたしにとって最も悪いことだと思われたのは、この学園にはどこを見ても美しいものが一つもなく、また園生たちには見るものもなく、たとえ頭を上げたり、手を伸ばしたくても、その対象となるものさえ一つもないということでした。

数年後に、わたしは再度その学園に行ったことがありました。そこへ行く前に、園長が若い人に代わった、という話を聞いていました。なるほど行ってみると、人は代わっていました。園長が代わった学園は、以前とはだいぶ様子がちがっていました。そこは前と同じように入園者であふれていましたが、見ちがえるようにちがっていて、まるで一つの家庭のようになっていました。窓には明るい色のカーテンがかけられ、床にはリノリウムが敷かれていました。

たくさんある部屋には、幼児だけとか、それより年長の子どもはみな同じ年頃の子どもたちといっしょに、というように分かれていました。椅子《いす》やソファーもあって、子どもたちは腰をかけていました。窓辺には花が飾られ、床には玩具がいっぱいおかれていました。だれも身なりがよくなり、かわいらしい洋服を着て、さっぱりとしていました。

以前のあの胸の悪くなる臭《におい》はすっかり消え、食堂もできていて、テーブルの上には皿もスプーンもコップも出ていました。

「今いる子どもたちは、前にいた子どもたちよりも能力の程度は高いのですか?」

と、わたしは尋《たず》ねてみました。

「いいえ、大部分は前からいた子どもばかりですよ」

と、園長は、にこやかに答えました。

「でも、わたしは前に、ここの子どもたちは何を教えても駄目《だめ》だとうかがいましたが……」

「教えることはできますよ。ひとりで無理ならば、だれかが援助してあげるのです」

といって、その園長は、小さな籠《かご》や敷物など、子どもたちがつくったものを見せてくれました。それはみなかんたんなもので、しかも間違いだらけだったのですが、わたしの目にはどれもすばらしい作品に見えました。子どもたちは、得意になって、自分がつくった作品を見せたがりました。口のきけない子どもたちはみんな、園長とわたしのまわりに集まってきて、自分たちがつくったことを知らせてくれました。

「この子どもたちの知能年齢は向上したのでしょうか」

と、わたしは尋ねてみました。

「平均して少しは向上しました。もっとも、この子どもたちにとって問題になるのは、知能年齢が向上したとかしないということだけではないのです。――もっともそのことはだれの場合でもそうで、この子どもたちに限られるわけではありませんが……」

と、園長は答えました。

「で、どんなふうになさったのですか」

と、わたしは重ねて、尋ねてみました。

「ただ、子どもたちを人間としてもてなしているのですよ」

園長は、いともかんたんに答えました。


別の学園で、わたしはこの若い園長と同じような人に出会ったのです。そして、そこでわたしの学園探しの旅は終わったのです。

わたしは、建物や運動場などには目もくれず、すぐに事務室に入って行きました。そこで、おだやかな声で挨拶《あいさつ》された、もの静かな白髪の園長と握手をしただけで、自分が求めていた人にめぐり会えたことがわかったのです。もちろん、わたしがその場の感動だけで、決心したというのではありません。わたしは娘について説明したうえで、どういうところに託したいと思っているかを話しました。その園長はじっとわたしの話に耳を傾けていました。その態度は同情的でしたが、無理にそうしている、というのではありませんでした。また、あまり熱心に、というふうにも見えませんでした。そして、この学園が気に入られるかどうかわかりませんが、とりあえず見てまわることにしましょうか、と遠慮がちにいわれました。

そこで、学園を見せてもらうことになったのですが、どの建物に入って行っても、子どもたちは園長の姿が見えると、みんなうれしそうな顔をして、「エッドおじさん」と声をあげて飛んできたのです。

園長は、ゆっくり時間をとって、子どもたちといっしょに、遊んだり、また子どもたちが自分の膝《ひざ》に抱きついてきたり、ポケットに手を入れてチョコレートのかけらを探すのを、黙って、好きなようにさせていました。そのチョコレートは、子どもたちの食欲をなくさせないように、小さく割ってありました。

園長は一人ひとりの子どものことをよく知っていました。そのゆきとどいた目はどこへ行っても何一つ見落とすことはありませんでした。

彼は、子どもたちの世話にあたっている人たちに好意に満ちた挨拶《あいさつ》をしました。そしてたとえば、ジミーの椅子《いす》はもう少し低くしたほうがいいと思うから、ジミーの一番好きな椅子の脚を少し切ってやってください、などと指示し、担当の指導員がすぐ応じる、というふうでした。

どの建物も気持ちよく、ゆきとどいていたのですが、わたしがそれまでに見たいくつかの学園にくらべてみれば、それほどきれいだとはいえませんでした。でも、学園の雰囲気は、わたしが感じたとおり、温かくて自由であり、みんなが仲よくしていることがわかりました。

子どもたちは寄宿舎の裏庭で泥のパイをつくったり、飛び回ったりして遊んでいましたが、みな、まるで自分の家にいるようでした。

わたしは、どの壁にも、文房具にも「まず第一に幸福を。すべてのことは幸福から」という標語が書かれているのに、気がつきました。

この標語は園長の机の壁にも、かけられていました。

わたしがそれをじっと見つめていると、園長は微笑《ほほえ》んで、

「そのことばは決して感傷ではないのです。長い経験から生まれたものなのです。子どもの魂と精神が不幸から解放されない限り、わたしたちはなに一つ子どもたちに教えることができないのだ、ということをわたしは経験から学んだのです。幸福な子どもだけが、学ぶことができるのです」

といわれました。

ものを教える経験をもったことのあるわたしには、その園長のいわれたことはすべての教育の正しい原理であることがよくわかりました。じっさいこの学園では、すべてのことがこの原則のうえに築かれていることを知って、わたしは大いに気持ちが楽になり、また安心もしました。そして、わたしは心の中で、もうこれ以上、学園を探す必要がない、とひとりごとをいっていました。

九月のある日、わたしは自分が見つけた、その学園へ娘を連れて行きました。娘を慣れさせるために、新しい運動場のあちこちを歩き回り、さらに娘のために用意されたベッドのあるところにも行ってみました。

娘の世話をしてくれることになる女性の指導員にもお会いしました。娘はその女性とわたしの手にぶらさがっていました。娘の小さな心の中にどんな思いがあったのか、わたしにはわからなかったのですが、きっとなにか虫の知らせがあったにちがいありません。それまで娘はわたしから一度も離《はな》れたことがなかったのです。しかし、死がそうであるように、永遠の離別《りべつ》のときが迫っていたのでした。

もちろん、わたしは何回も娘に会いに来られるのだし、娘もときどきわたしに会いに家に帰って来られるでしょう。でも、もういっしょに住めないということには変わりはないのです。わたしたちはお互いに別れなくてはならないのです。

娘の永遠の住処《すみか》を見つけることが、彼女の将来の安全のために最もよいことだと、自分では信じていながら、さて、いざ娘が一生の家を見つけて、そこに住まなくてはならないということになると、それはとても残酷なことに思えてならなかったのです。

その日の午後、わたしはときのたつのが恐ろしく感じられてなりませんでした。園長は、わたしに、子どもたちのいるホールに来るようにいわれました。彼らは音楽を聴くためにみんな、そこに集まっていました。

親切にも園長は、わたしにたいし、自分といっしょに壇《だん》の上に立って、五、六分でよいから、子どもたちに中国の子どもたちのことについて話してほしい、といわれました。子どもたちの中には、話を理解できる子どももいるから、ということでした。

人生には、長い歳月の間に起こったことの意味が、一瞬のうちに結晶する、そういう瞬間が、ごくまれではあっても、あるものです。そのホールの壇上に立ち、そしてわたしを見つめている数百人の子どもたちの顔を見たときに、わたしはそのような瞬間に見舞われたのです。その子どもたち一人ひとりの背後にはなんという心の痛みがあったことでしょう。子どものことで、何年も何年も、どのくらい苦しみ、泣き、救いようのない失意と絶望に陥《おちい》った人たちがいたことでしょう。子どもたちは運命の虜《とりこ》となって、死ぬその日まで、この学園にいなくてはならないのです。しかも、その子どもたちの中に、わたしの娘もこれから入ることになっているのです。

わたしのそばに立っていた親切な園長は、わたしが心の中で感じたことがわかったにちがいありません。というのは、胸がいっぱいになってことばの出ないわたしを見て、園長は短いお話をはじめ、子どもたちを笑わせてくれたからです。その間に、わたしは話をつづける余裕《よゆう》をとりもどすことができたのです。

わたしは生涯のうちで、あのときほど、話を聞いてくれる人たちを楽しませようと心をくだいたことは、他になかったと思います。そうです、あの子どもたちにむかって話をした三十分間ほど、一所懸命に、心から専念したことはなかったのです。それでいて、自分の胸にあることを一つも話せなかったのです。

わたしは子どもたちに、他のどんなことよりも、わたしはあなたたちのことがわかるのですよ。わたしは娘といっしょにあなたたちと同じような生活をして来たのですからね、と話したかったのです。しかし、わたしは、彼らにも十分によく理解できるかんたんな子どもらしい話をしただけでした。そしてわたしは、子どもたちの生き生きとした笑い声にうれしくなりました。

それが終わると、園長はわたしだけそばに呼んで、静かに、しかし重々しく話しかけてこられました。わたしはそのときの話をいまだに忘れずにいます。

「ここにいる子どもたちはみんな、幸福なのだということを覚えておいてほしいのです。まず子どもたちはここにいる限り安全なのです。苦しみや欠乏を知らずにすみます。争いも敗北も知らずにすみます。また悲しみにおそわれることもありません。できないことを無理強《むりじ》いすることは決してありません。子どもは自分にわかる喜びをすべて、味わうことができるのです。あなたのお子さんも、あらゆる苦しみから解放されるのです。そのことをよく覚えておいて、安心なさってください。自分自身の悲しみより、さらに耐えがたい悲しみのあることを忘れないでください――それは、愛する人が苦しんでいるのを見ても、自分で助けられない、という悲しみです。あなたはもう、その悲しみをもたずにすむのです。」

その後、幾度《いくど》となく、娘のことを思い出したり、また絶望の底に沈みそうになったのですが、そのつどわたしはその親切な、そして分別《ふんべつ》のあることばを思い浮かべたものでした。娘が幸福である限り、わたしが耐えるべきことに耐えられないなどということがありうるでしょうか？

わたしはその日、娘を学園に残して帰りました。そして学園側の依頼によって、ひと月《つき》間はその学園を訪問しませんでした。園長によれば、新しい生活に慣れるのには少なくともまるひと月はかかるし、もしその間に親に会えばそれだけ新しい生活に慣れるのが遅れる、というのです。もし万一、娘になにかよくないことが起これば、すぐ知らせてくれる、と聞いて、わたしは生まれてはじめて、娘をひとりだけおいて、身を引き裂かれる思いをじっと抱きしめつつ、家路についたのでした。


そのひと月間については申しあげる必要はないと思います。わたしと同じような経験をされた親であれば、わたしがどんなに娘のことを思い悩んだか、ご承知のはずですから。

娘は手紙も書けなければ、自分で感じたこと、欲しいものを他の人に知らせることもできません。そのような子どもを、ひとりおいて来ることは、このうえもなく残酷なことのように思えることもありました。とくに夜になると、そのような思いにかられたのです。

将来、娘が年をとり、わたしが死んでしまったらいったいどうなるだろうか、そう思って、はっとわれに帰り、とるものもとりあえずに最寄《もよ》りの駅にすっ飛んで行って、汽車に乗るのをやっと思いとどまる、ということもありました。

このような、わたしと同じ夜の苦しみを知っている人も大勢おられるのではないでしょうか。


待ち遠しい一か月が過ぎて、再び学園を訪ねたときに、娘が幸福で健康だったと、今ここで申しあげられたら、どんなによかったでしょうか。しかし、じじつはそうでなかったのです。娘の困惑《こんわく》した小さな顔つき、わたしに会ったときに見せた、痛々しいほどの喜びようを見て、わたしは再び疑惑にとらわれ、娘のものをトランクにつめて、家に連れて帰ろうかという気になったのでした。

年配の寮母さんが、わたしたちのそばに立っていました。そして重々しくいわれました。

「お嬢さんはとてもいたずらで、ほとほと困りはてました。他の子どもたちのすることをしたがらないのです。それにとてもよく泣きました。ですから、わたしたちはお嬢さんをこらしめなくてはなりませんでしたのよ」

「こらしめるのですか」

と、わたしは訊《き》きかえしました。

「そうです。お嬢さんが勝手に寄宿舎から抜け出したときには、部屋の中に閉じこめておかなくてはなりませんでした」

「娘は自由になることに慣れているのです。寄宿舎を抜け出したのは、もちろんわたしを探したかったのですわ」

と、わたしは口ごもりながら、答えました。

「でも、ひとりで寄宿舎を抜け出されては困るのです。お嬢さんには服従することを覚えていただかなくてはならないのです。もしそれができさえすれば、お嬢さんも他の子どもたちと同じように幸福になれるのです」

と、寮母さんがいわれました。

抗議のことばが咽喉《のど》まで出かけたのを呑《の》み込んで、

「ちょっと散歩に連れて行ってきます」

と、わたしはいいました。

外に出て、二人だけになるやいなや、娘はまた小鳥のように幸福そうになり、もう決して離すまいといわんばかりに、わたしの手をしっかりと握りしめました。

わたしは園長にお会いしたいと思って、探しに行きました。

園長は事務室にいて、わたしを喜んで迎え入れ、また娘にも話しかけてくれました。娘は園長のことをよく知っているらしく、また、こわがっている様子もありませんでした。それを見てわたしは、園長が自分でも娘を見ていてくれていることがわかりました。

「わたしは娘をこの学園にはおいておけないように思いますの。寮母さんのお話では、どんなことがあったかわかりませんが、娘を部屋の中に閉じこめておかねばならなかったと、いわれたのです。でも、娘のような小さな子どもが突然、今まで住んでいた家から離れれば幸福ではないことはおわかりのはずですわ。娘はこれまで一度も、見知らない人たちの間で暮らしたことがなかったのです。なぜ自分の生活が急にすっかり変わってしまったのか、わからないのです。ここにいる子どもたちはみんな、きまった日課を無理に守らなくてはならないのでしょうか。たとえば、一列に並んで食堂に入らなくてはいけないとか?」

わたしは、一気に園長に話し出したのです。わたしが話したのは、これだけではありませんでした。もっといろいろのことを話しました。

親切な目つきでわたしを見つめていた園長は、わたしがすっかりいいたいことをいってしまうまで待っておられました。やがて、わたしのいうことがすっかりすんでしまうと、つぎのようにいわれました。

「よいでしょうか、ここではお嬢さんも、お宅にいらしたときと同じように、というわけにはいかないのです。ここではお嬢さんは大勢の中の一人なのです。個人的に世話もみますし、注意もします。また、指導もしますが、お嬢さんも、ここにいるのは自分ひとりだけのつもりで振る舞うことはできないのです。ですから、その意味では、自由は少しはなくなるのです。しかし、自由が多少なくなっても、それによって得られるものとくらべてみなくてはなりません。お嬢さんはここでは安全です。また友だちもいっぱいいます。大きな家族で、必要な日課に慣れてしまえば、みんなといっしょにいることのほうが大きな喜びになるものなのです。

よろしいでしょうか。お嬢さんにもそのことを学んでいただかなくてはならないのです。

しかし、他のことについては、決して無理に覚えさせるようなことはいたしません。これからの一年後、あるいは五年後に、お嬢さんがどうなるか、考えてみてほしいのです。つまりこの学園がお嬢さんにとって、よいところになるかどうかを考えていただきたいのです。現在目の前にある不満のために、大きな価値を見失わないでいただきたいのです。」

「娘には、どうしてそういうことがすべて必要なのか、またどうしてそれが自分のためになるのかもわからないので、とてもたいへんなのです」

と、わたしはいいました。

「人にはどうしてなのか、わからないことがあるのですよ。あなたにも、どうしてこのお嬢さんのような子どもさんができたのか、おわかりにならないのでは？　このようなお子さんをもっていったいどこがよいのか、人はわからないものなんです」

園長はいつもと変わらないおだやかな声でいわれました。

確かにそれはわたしにわからないことでした。

「お嬢さんをありとあらゆるものから守ることはできない相談なのです」

園長はつづけて、いわれました。

「お嬢さんも人間である以上、すべての人に共通な、自分の小さな務《つと》めは、しっかり果たさなくてはならないのです。」

園長はもっといろいろたくさんのことをいわれ、わたしは坐ったまま、それをうかがっていたのですが、娘はよりそって、満足そうに坐っていました。

すっかり話が終わったとき、園長はご自分が願っていたことを達成なさったのだ、とわたしはわかりました。――つまり、園長のお話のおかげで、わたしには娘のために、より大きな幸福を考える力が出てきたのです。

最初はあまり長くいないほうがいい、といわれていましたので、その日は一日だけで帰ることにしました。

小さな腕でわたしの首のまわりに抱きついてくる娘を引き離し、後も振り返らずに帰って来たその日のことを、わたしは一生、忘れないでしょう。わたしには、寮母さんが娘をしっかり抱きかかえているのがわかりました。勇気がくじけてしまわないように、わたしは振り返ってはならない、振り返ってはならないと、自分にいいきかせながら、逃げるように帰って来たのでした。

それからもう何年もたってからのこと、わたしはアメリカ国内に住むようになっていました。それは娘のいるところからあまり遠くないところでしたので、幾度《いくど》となく娘のところを訪ねました。今では、娘も、わたしが学園へ行ったり来たりするのに慣れているのですが、それでもまだ、わたしが帰るときにはしばらくの間、わたしにしがみついていなくては気がすまないらしく、何度も何度も「家に帰りたいの、家に帰りたいの」と、わたしに小声でいうのです。

たまに娘が家に帰ってくると、数日の間は、とても喜んでいるのですが、一週間もすると、学園を恋しく思うらしく、「友だち」のことや、学園においてきた玩具や、楽器やレコードのことを、しきりに聞き出したがるのです。このことは、わたしにとっては大きな慰めといわねばならないのですが、娘はしまいには、わたしがまた近いうちに学園へ行く約束をすると、自分から喜んで学園へ帰って行くのです。

長い闘《たたか》いは終止符を打ったのです。娘は新しい環境によく適応するようになったのです。眠れない夜でも、わたしが仮に、昔からの子どもの祈りにあるように、明朝、目覚める前に死んでいたとしても、娘はなに一つ変わらずに生きつづけていけるのだ、と考えることで安心できるようになりました。

わたしが働いて得たお金は、娘のこの安全のためにそのほとんどを使いました。娘が生きている限り、たとえわたしが生きていようといまいと、彼女はだれに頼ることもないはずですし、そのことをわたしは誇《ほこ》らかに思っています。わたしはできる限りのことをしてきたのですから。


わたしのように、子どもの将来の安全を確保できる幸運にどうしても恵まれない親もおられることをよく承知しています。わたしの娘のような子どもを連れて、どうしたらよいかと、相談に来られる人もおられます。そのような人たちの中には金銭的に恵まれない人もいます。また、他にもたくさん子どもがいるために、財産を分けなくてはならない人もいます。親は胸が張り裂かれる思いをしても、その子どもにだけ、すべてを与えてしまうことができないのだ、とその人たちはいいます。

その人たちのいわれるのはもちろん正しいのです。もし冷たいいい方をするならば、その子どもにすべてを与えることができたとしても、ふつうに育っている子どものほうが、知力にハンディキャップを受けている子どもよりは、社会にとって有益なのです。

それでもなお、わたしはそうは思わないのです。わたしは自分の娘からたくさんのことを学びました。なかでも娘はわたしに辛抱《しんぼう》することを教えてくれました。わたしの家族はみな、愚かなことや、のろまなことを黙って見ていられない性質《たち》でした。しかもわたしはとくに、自分よりも感受性のとぼしい人にたいして我慢できない、というわたしの家族の癖《くせ》をすっかり身につけていました。そのわたしのところに自分でもどうしても理由のわからないハンディキャップを受けた娘が授けられたのです。わたしは、自分が悪いわけではない娘を軽蔑《けいべつ》することができたでしょうか?

このような子どもを授けられたことは、本当に残酷で、不公平であると、わたしは思ったことがありました。娘を愛していたし、そんなはずはないと思って、娘の才能をほんの少しでも見つけようと努力した結果、わたしが学んだのは、やさしく、しかも注意深く耐《た》え忍《しの》ばねばならない、ということだったのです。それは、いつでもたやすいとは限りませんでした。恥ずかしいことですが、生来の癇癪《かんしゃく》が何回も爆発したものでした。そのようなときには、娘に何を教えても無駄《むだ》だと思ったものです。

でも、わたしは理性で自分にいい聞かせたのです。「娘の魂もまた、その魂として最大限に成長する権利をもっているのだ。たとえほんのわずかしか成長しないにしても、その権利はだれの権利とも変わらないはずである。知ることができる限り知る権利があるのにそれを奪い取ることは、間違っているのだ」と。

わたしは、この歩んで行かねばならない最も悲しみに満ちた行路を歩んでいる間に、人の精神はすべて尊敬に値《あたい》することを知りました。人はすべて人間として平等であること、また人はみな人間として同じ権利をもっていることをはっきり教えてくれたのは、他ならぬわたしの娘でした。どんな人でも、人間である限り他の人より劣《おと》っていると考えてはなりません。また、すべての人はこの世の中で、安心できる自分の居場所と安全を保証されなくてはなりません。わたしはこのような体験をしなければ、決してこのことを学ばなかったでしょう。もしわたしがこのことを学ぶ機会を得られなかったならば、わたしはきっと自分より能力の低い人に我慢できない、あの傲慢《ごうまん》な態度をもちつづけていたにちがいありません。娘はわたしに「自分を低くすること」を教えてくれたのです。

娘はまた、知能が人間のすべてではないことも教えてくれました。娘はわたしにはっきり話すことができなかったのですが、その意思を通じさせる道はありました。娘の性格にはきちんと一貫したものがありました。彼女にはすべての嘘《うそ》がはっきりわかるようで、どんな嘘でも決して許しませんでした。娘の精神はあくまでも純粋だったのです。

娘は穢《けが》らわしい慣習を決して許しませんでした。彼女の尊厳《そんげん》性は完全なものだったのです。だれも彼女にたいして勝手なまねはできなかったし、彼女自身、残酷なことに我慢できませんでした。もし同じ寄宿舎のだれかが大声で泣いたりすると、娘は、なぜその子が泣いているのかを確かめるために、そばに飛んで行くのです。そしてだれかがその子をたたいたとか、指導員がきつく叱《しか》ったことがわかると、娘は大声をあげて寮長を探しに行くのです。娘は、いじめっ子に堂々と立ちむかっていくというので評判になっているのです。不正なことを黙って見ていられないのです。

ある日、指導員がわたしに、笑いながらこういわれたことがありました。

「お嬢さんは公平にしなければなりませんの。さもないと、もっと面倒《めんどう》なことになってしまいますのよ。」

わたしがここで申しあげたいのは、知能に関係なく、人には全体として必ず個性があるのであり、知能の発育が困難な子どもも、他のよい性質によって十分に補っているものだ、ということなのです。

このことはとても大切であり、じじつ専門家の間でも認められていることでもあります。ニュージャージー州のヴァインランドにある養護学園で、こういう子どもの研究をしている心理学の専門家たちは、知能検査の成績（ＩＱ）が非常に低い子どもの場合も、社会性、行動感覚、自尊心、優しさ、愛情願望などをもっているので、じっさいは検査に現われた結果よりもはるかに高い行動をする、と報告しています。そして、こうした観察の結果にもとづいて社会成熟度検査をつくり、ずっと以前にフランスからもたらされ、アメリカでも採用していたビネ式知能検査の不備を補っています。

知能の発育が困難な子どもについていえることは、通常の子どもたちにも通用するのです。知能が高くても、これまでの実例からわかるように、もし社会的成熟の面で問題がある場合は社会にとって禍《わざわ》いとなることがあるし、また逆に知能の面ですぐれていなくても、社会性の面で恵まれているならば、知能が高いだけの人よりは、よい市民となり、個人的にも立派なことを成しとげることも多いのです。

今では、軍隊でも学校でも大学でも、このヴァインランド社会成熟度検査が、一般の人たちの測定のために広く使われています。単に知能だけでは不十分なのだということを教えてくれた、これら知能の発育の困難な子どもたちにたいして感謝しなくてはなりません。

この子どもたちが教えてくれたことは他にもたくさんあります。人はどのようにものを覚えていくものであるか、ということも教えてくれました。この子どもたちの知能は阻害《そがい》されているために働きが弱いという一点を除けば、通常の人とまったく変わりがないのです。つまり、通常の子どもたちも一つのことを何回も何回もくりかえして覚えるのですが、知能の発育の困難な子どもも、その同じ過程をたどって覚えていくのです。したがって、心理学の専門家はこの子どもたちの知能の働きを観察することで、ちょうど高速度映画の場合のように、一般に人がどのように新しい知識を習得し、新しい習慣を覚えていくかということ、その過程を発見することができました。

知能の発育が困難な子どもたちが教えてくれたことによって、通常の子どもたちの教育方法は大いに改善されてきました。

娘が自分の世界に住むようになってからこのかた、わたしは、娘が他の子どもたちといっしょに生活することで、わたしたち自身の知識をふやすことに大いに役立ったことを知り、どれほど慰《なぐさ》められたかわかりません。逃れ出ることのできない悲しみを抱きながら暮らすにはどうしたらよいかを悟《さと》ることは、その暮らしの中にどうしたら慰めを見出すことができるか、を知ることに他なりません。

わたしが慰めについて申しているのは、わたし自身のためというよりは、親の方々のためなのです。わたしは、わたしのところに子どもを連れて来られ、どうしたらよいかと尋《たず》ねられる方々のことを念頭においているのです。そうした方々のほとんどがまず尋ねられるのは、「州立の学園よりも私立の学園のほうがよいのでしょうか? たとえこの子のために一家が犠牲になってもかまわないので、教えてほしい」ということです。

わたしのお答えはこうです。

一般的には、よい私立の学園があるならば州立のよりもよいのです。私立の学園はあまり混んでいませんし、それに子ども一人ひとりをよく世話してくれています。とは申せ、これも州によって事情はちがいます。建物が立派なうえに、職員の給与もよく、恩給制度もあって、質のよい専門家がずっとそこで働いているところもある一方、非常に遅れているところもあります。親はまず自分の州にある学園を見学されるとよいでしょう。ご家庭の経済事情が許されるのであれば、私立の学園にはよいところがあります。ただ私立の弱点は創立者が亡くなると閉園されてしまうことがあるということです。非常に立派な、しかも周到《しゅうとう》な注意を払って創られた学園の中にも、園長が亡くなったために閉鎖され、子どもたちがちりぢりばらばらにされ、またはじめからつぎの新しい環境に慣れることをくりかえさなくてはならなかった、という例もいくつもあります。そこで、お子さんを入園させる学園を探すときには、一人だけに頼ってできているところは避けて、基盤がしっかりしている法人資格のある、しかも苦しい状況になっても切り抜けていかれるだけの資金のあるところを選ばれるのがよいと思います。その点、州立の学園は永続的であり、一度入園すれば生涯、安全が保証されるので、私立よりは安心です。

もし私立の学園に入園させるとなると、家族全員の犠牲が大きくなる、という方もおられるでしょう。その場合は、たとえ他の州に引っ越してでも、州立のよい学園を探し、そこに入園させることをわたしはおすすめしたいと思います。

さて、子どもが新しい寄宿舎で安全に生活するようになった後は、親にとってはどんな責任が残るのでしょうか？　いろいろなことがあります。子どもはそれまでと同じように親を必要とするのです。まず、できるだけ頻繁《ひんぱん》に面会に行ってほしいのです。子どもが親のことを忘れてしまうと考えてはなりません。わたしは、娘を訪ねるたびに、他の子どもたちがわたしのそばに寄って来て、わたしの手をとり、もたれかかって、「わたしのお母さんはどこにいるの？」と尋ねるのを見て、胸が張り裂ける思いを何べんしたか、わかりません。

そのようなときに寮母さんが、その子どもの頭ごしに、わたしにこんなふうにささやくのです。

「かわいそうに、この子のご家族はだれも面会にいらっしゃらないんですのよ。二年前にお祖母《ばあ》さんがいらっしゃったのが最後でした。」

子どもの心は、徐々に打撃を受けていくのです。学園の子どもたちはいつまでたっても子どもなのです。子どもというのはみなそうなのですが、愛情も愛着心もあり、愛されたいと思いつめているのです。

子どもたちの中には、わたしのそばへ来て、「わたしのお父さんとお母さんが先週、わたしのところに会いに来てくれたの」と、目を輝かせながら教えてくれる子どももいます。また、話のできない子どもでさえも、親がもって来てくれた新しい人形をわたしに見せに来るのです。

そうなのです！　子どもたちはみな、感じることができるのです。そして、みんなわかっているのです。知能は、このような感性には大した影響をもっていないのです。

親としての第二の責任は、直接、子どもの世話をしてくれる人を常に見守ることです。さきにわたしは、娘の永住するところを探すさいに、信頼のおける園長を探したと申しました。

今日、もしもう一度学園探しをするとすれば、わたしは今度はあらゆる寄宿舎に出かけて行って、どういう人たちが子どもの世話をしているかをまず確かめるでしょう。もしその人たちが、しぶい顔つきをした、いかにも職業的な人であるとか、また学園から学園へと渡り歩くような人であるとか、冷淡で、底意地《そこいじ》が悪く、いうことをきかない子どもをたたいたりするような人ならば、わたしはそこへ娘を入れたいとは思わないでしょう。子どもにとっても親にとっても、学園の中で最も大切な人は、管理職にある人でも、事務室の職員でも、また医師や心理学や教育の専門家でもなく、直接子どもの世話をしてくれる指導員なのですから。

子どもの幸福を心から願っていないような底意地の悪い、利己的な指導者は、教育や心理学の専門家が苦労して積み重ねた研究成果をことごとく無駄《むだ》にしてしまうものなのです。あなたの子どもさんも、毎日の寄宿舎での生活が幸福でない限り、どんなことを教えられても、それを身につけることはできないでしょう。指導者とは、生来親切で、愛情深く、直接手をくださなくても、子どもたちに好《す》かれながら子どもたちに規律を教えることのできる人でなくてはなりません。その人が、高等教育を受けているか否かは、重要なことではないのです。子どもの下に立つ人（子どもを本当に理解する人）でなければならないのです。なぜかというと、その人の毎日のつとめは子どもに奉仕することなのですから。

もし指導者が底意地が悪かったり、不公平だったり、あるいは不注意なところがあることがわかったら、親は良心をもって、すぐにそのことを学園側に知らせるべきです。そうした悪質な指導員から自分の子どもを守ろうとしてこっそり賄賂《わいろ》を贈ったり、チップを握《にぎ》らせよう、などと考えてはなりません。その指導員はお金を受けとり、あなたの前では、子どもさんを大切にするのですが、あなたのいないところでは、必ず他の子どもたちと同じようにひどく扱うにきまっています。しかもあなたの見ていない時間のほうがはるかに長いのです。

子どもを学園に託している親の第三の責任は、子どもが生活している場の雰囲気が希望に満ち溢《あふ》れているか否《いな》かをよく確かめることです。わたしの経験では、その学園が、機能の一環として研究も兼ねている場合は、その雰囲気はとてもよいといえます。子どもの世話がただただ十年一日《じゅうねんいちじつ》のごとく繰り返されているところでは、雰囲気は沈滞し、活発さを欠くようになりがちなものです。

ただ子どもを危害から守るために世話をしているというだけでは十分とはいえません。子どもの生命は単純そうに見えても、重要な意味を有しているのです。もちろん子どもは援助を受けなければなにもできないのですが、とはいえ、重要な役割を果たしているのです。その子どもがそのようになったのには理由があることですし、また発見できる原因がきっとあるはずです。たとえその子どもはもう治《なお》すことができないし、また変わることさえむずかしくても、自分ではまったく知らないうちに、他に教えることによって、これから生まれてくる子どもたちが完全になれることもありうるのです。

ヴァインランドの養護学園はこの意味ではすぐれた代表例といえましょう。長年の間、この学園の研究部はよい仕事をしてきました。すでにお話したことですが、この学園は、アメリカではじめてビネ式知能検査を採《と》り入れ、さらに社会成熟度検査を発展させました。またこの学園は、出生時に傷害を受けた子どもや脳性マヒの子どもに関する研究でも有名です。そして、知能の発育の困難性の予防や治療のよりよい方法を発見するために、この学園で生活しているエネルギーいっぱいの研究者たちは、子どもたちから学びながら、この学園の生活、さらに知力にハンディキャップを受けている人たち全体に、生き生きとした活気を与えています。

親は、自分の子どもの生命は決して無駄《むだ》ではない、たとえ限られた範囲内ではあっても、人類全体にたいして重大な価値をもっている、ということを知れば、慰められるはずです。わたしたちは、喜びからと同様に悲しみからも、健康からと同様に病気からも、また利益からと同様に不利益（ハンディキャップ）からも――おそらく後者のほうから、より多くのことを学ぶことができるのです。

人の魂は、十分に満たされた状態から最高水準に達することは滅多《めった》にありません。むしろ逆に、奪われれば奪われるほど、最高水準にむかっていくものなのです。もちろん、そうだからといって、幸福より悲しみのほうが、健康より病気のほうが、また裕福《ゆうふく》より貧困《ひんこん》のほうがよいのだ、というのではありません。もしわたしに運命を選ぶ機会が与えられたとするならば、娘のために、何千回、何万回でも、健全な運命を願い、そして今日、娘が自立した女性として生活できる道を選んだにちがいありません。わたしは娘が、永遠になれないことをわかっていながら、なお自立した人間になってくれたら、と思っているのです。わたしは今なお諦《あきら》めていないし、将来も諦めきることはないでしょう。諦めとは停滞であり、死を意味します。消極的に受けいれることでは、そこからは何も生まれません。わたしは諦めとは反対に、いつとはなしに、娘のうえにふりかかり、彼女の成長を止めてしまった運命にたいして反抗しているのです。このようなことはどんな人にも起こってはならないことなのです。しかし、それがわたしの身のうえに起こったために、また、わたしはその悲しみがどんなものであるかを知っているために、わたしと娘のすべてを捧《ささ》げてでも、他の人たちがこのようなことで苦しむことのないように、わたしのできることならなんでもしようと思っているのです。

わたしは、頻繁《ひんぱん》に娘の学園に出かけて行くのですが、そこに小柄《こがら》な男の子がいます。知能年齢が七歳ぐらいなので「小柄な男の子」といったのですが、じつはその人はもうすでに四十歳近いのです。きまじめそうな顔をしているのですが、その目にはなにか絶望の影が宿っているのです。彼の父親は有名な資産家なのですが、息子さんに面会に来たことは一度もないのです。母親はすでに亡くなっています。ある人が新しい研究のために父親のところに寄付を頼みに行ったときのことです。その人は、拳《こぶし》で机をはげしくたたいて、

「わしは一セントも出さん。わしの金は全部、正常な人のために使うのだ」

と、いったというのです。

その人は無慈悲な人なのでしょうか。そうではありません。心の中では血を流しているのです。誇《ほこ》りを傷つけられ、泣いているのです。息子さんが知力に重いハンディキャップを受けているのです。だれでもない自分の息子が――そうなのです。

その人は長い年月、来る日も来る日も自分自身のこと、自分に失われてしまったものを思いつめてきたのです。そして、わが子に見出すことができたかもしれない喜びを失っているのです。それはもちろん、彼が求めていた喜びではなくて、そのような子どもをもったということ、そのことにたいする喜びなのですが。

わたしは、もう一人のお父さんを知っています。――惨《みじ》めなのは父親に限ったことではありませんが――その人の息子さんは牛を世話するのがとても好きなのです。わたしもその子どもに幾度か会ったことがありますが、美しい顔立ちをしています。彼はいつも牧場の小屋に泊り込んで、牛をかわいがりながらブラッシをかけてやったり、熱心に世話をしているのですが、あるとき、わたしはその牧場で、そのお父さんに会ったことがありました。

彼は、とても才能に恵まれた人のようでした。

「もし息子が乳しぼりの機械が使えるのなら、なにかもっといいことが覚えられるのだろうけどね」

と、いいました。

たまたま、その日はその場に娘の学園の園長がおられたのですが、彼はそれを聞いて、つぎのようにいわれました。

「でもね、この青年にとってはこれ以上にいいことはないのですよ。おわかりになるでしょう、だれでも、その人にとって最もいいことは、その人が一番上手《じょうず》にできることなんですよ。そのことをしていれば、自分も社会に役に立っている、と感じられるからなのです。それが幸福というものなのです。」

わたしが親である方々に申しあげたいと思ったことは、長い歳月をかけてわたしが悟《さと》ったことなのです。それを悟るまでには本当に時間がかかりました。今でもまだいろいろと学んでいるのです。

あなたのお子さんが、あなたが望まれたとおりに、完全で、かつ健康な状態では生まれず、身体やこころの面で、あるいはその両方にハンディキャップを受けていたとしても、そのお子さんはまぎれもなくあなたのお子さんなのです。そのことを決して忘れてはならないのです。あなたのお子さんもまた、どんな人生を送るにしても、生きる権利と、幸福になる権利があるのです。その幸福は、あなたが見つけ出してあげなくてはならないのです。あなたのお子さんを誇《ほこ》りに思い、あるがままをそのままに受けいれてほしいのです。無理解な人たちの言動や好奇《こうき》の目には気をとめてはならないのです。あなたのお子さんが存在していることはあなたにとっても、また他のすべての子どもたちにとっても意義のあることなのです。

あなたは今はわからないかもしれませんが、あなたのお子さんの存在の目的を果たし、お子さんと共に生きる間に、必ず本当の喜びを見出すことになるのです。さあ、頭を上げて、示された道を歩んで行きましょう。

わたしは同じ経験をしてきた一人として、お話ししているのです。

わたしたちは生きている限り、過去に生きるものではありません。発育の困難な子どもをもった若い親たちがいままでの人たちが経験したような苦悩と絶望を再び経験しながら、なおなにか希望の種《たね》になるものを求めることをとがめることはできません。治るようになった病気もあるし、治し方がまだわからない病気についても研究はずっとつづけられているのです。いうまでもなく、すべての病気が治るようにならなくてはなりません。ガンや小児マヒや心臓病で死ぬようなことがあってはならないのです。予防することも、治すこともできるようになれば、知力にハンディキャップを受ける人もいなくなるのです。どちらが先か、という選択は意味がありません。生命を守る戦いは、すべてのところで、同時に行わなくてはなりません。

つまりわたしは、子どもたちが一人残らず完全で、健康な状態で生まれてくる権利を保証する戦いをしなければならない、と思っているのです。発育しない子どもがいてはならないのです。そのような子どもの原因がわかり、予防もでき、その人数が年々減少していくようにしなければならないのです。事態は一般の人びとが考えているよりもはるかに差《さ》し迫《せま》っているのです。州立のどこの学園も限界をはるかに越えるほど満員の状況にあります。もし研究が急に進歩しないというのであれば、今すぐにも何百万ドルという大金を出しても、もっと学園をふやしていかなければなりません。たとえ、寄宿舎の数を何倍かにふやすことになったとしても、こうした子どもたちの指導のために必要な経費は、公の財源でまかなう必要があります。そのことを考えるならば、こうした子どもが生まれてこないようにすることのできる科学研究にお金を使うほうがどれほど賢明で、しかも希望があるかわかりません！

アメリカで、知力にハンディキャップを受けている子どもたちのほとんど全部が、原因が遺伝ではないこと、そしてもしその原因がわかりさえすれば、そうした子どもたちは治ることを、わたしたちは忘れてはならないのです。

それに、現在なされている子どもたちへの指導も十分とはいえません。子どもへの保護が十分であれば、教育によって通常の生活が送れるようになると思える場合でも、州立の学園ではそのような教育はほとんどできない状態にあるのです。ぎゅうぎゅう詰めの学園で、オーバーワークになっている職員では、十分な教育は不可能なのです。いくつかの州では、こうした学園の上のポストは、依然として、行政上の要職の対象になっていて、子どもたちの生活は、入れ代わり立ち代わりやって来る無理解な役人たちの意志のままに任されているのです。そこで私立の学園がよいとわかっていても、その経費は、一般の人には手の出ないほど高いのです。

とは申せ、アメリカがとっているような制度のもとでは、私立の学園はどうしてもなくてはならないものだ、とわたしは思っています。アメリカの目覚ましい科学の進歩は、ほとんどが私立の機関で個人的に研究していた人たちによってもたらされた成果なのです。公のお金は、軍事的な目的で使われた場合を除けば、科学の面ではほとんど見るべき成果をあげていないのです。ですから、わたしは、この最も急を要する知力にハンディキャップを受けている子どもの原因と治療にかんする研究は、これまでのアメリカの伝統にしたがって、どこか小さな私立の機関で働く、研究の自由が保証されている科学者の手で行われるのがよい、と思っているのです。しかもそのような研究は重複《ちょうふく》して無駄《むだ》にならないように、よく連絡し合って行われなくてはなりません。

もうすでに、そのような研究は進められているのは申すまでもありません。わたしは前にニュージャージー州のヴァインランドにある養護学園の研究部が報告した注目すべき成果について述べましたが、現在すでにアメリカにいる知力にハンディキャップを受けている子どもの少なくとも五〇パーセントの人が教育によって、社会のために生産的な仕事ができるようになれることがわかってきているのです。

現在、満員となっている公立の学園を救うのは、ただ教育だけなのです！　すでにいくつかの研究の結果、知能の程度がわずか六歳くらいの大人にできる仕事は十九種類にのぼっていることがわかりました。しかもアメリカでは、すべての仕事の二〇パーセントは未熟練の人たちの手で行われているのです。

すでに脳の傷害の原因については、出生前後のいずれのケースでも、いくつかはわかっているのですが、知識はまだまだ十分ではないのです。知能の発育が困難になる主な原因と考えられる脳の損傷については、現在、物理的療法が少し行われていますが、まだ実験の域を出ていないうえに、脳への血液の循環が悪いために知能の成長の困難性が生じるということがわかっている脳性マヒの分野にしか応用されていないのです。

その療法の結果も発表されたばかりで、まだ十分に信頼できるほどではないのですが、それでも、手術を受けた人の三四パーセントには知能が確実に成長し、さらに五一パーセントには注意力、筋肉のコントロール、興味への集中、食欲、それに過度の癇癪《かんしゃく》によい変化がみられた、という期待できる結果報告が発表されています。

わたしがこのようなことをお話しするのは、いつか知能の成長が困難になる原因や治療の分野でも、現在、他の病気の分野で行われているような大規模で、しかも基礎的な対応がはじまるにちがいないという希望の根拠になると思うからなのです。そうなのです、すべての活動になくてはならないのは、希望なのです！

知能の発育の困難な子どもをもつ人たちは――その人数は家族をずっとたどっていけば、非常に多くなるのですが――そのような子どもの半数以上がそのような状態にならずにすむのだ、ということを理解し、新たな努力をしていってもらいたいと思うし、きっと期待にこたえてくださると確信します。そしてまたさらに、その人たちが、知力にハンディキャップを受けている子どもの半数以上が、適切な教育と環境に恵まれれば、もはや不適切な学園で無為《むい》に生きている必要もなく、一般の社会で生活も仕事もできるようになるのだ、ということを理解すれば、なおいっそう努力していくことになると思うし、きっと期待にこたえてくださると確信しています。

希望は慰めをもたらします。かつてそうであったからといって、永遠にそうである、ということはありません。しかし、もしその子どもたちの中にはすでに遅《おそ》すぎる子どもたちもいるでしょう。子どもたちの苦しい境遇も、人びとが悲劇の多くはどうすれば避けられるかを知るうえで助けになるのであれば、その子どもたちの生命は、たとえ挫折《ざせつ》していても、決して無意味ではなかったということになりましょう。

もう一度申しましょう。わたしは経験した一人として、お話ししているのです。

訳者あとがき

著者のパール・バックさんは「ノーベル文学賞の受賞者」という輝かしい面のみが人びとの注目をひいていますが、わたくしはむしろ「平和運動」に邁進されたパール・バックさんのほうに強い関心を抱いていました。

パール・バックさんは、カルヴァン派の教会の宣教師として中国で活躍しておられたご両親が一時帰国されていた一八九二年の六月に、ウェスト・ヴァージニア州のヒルズボロで生まれました。そして、ご両親が娘を連れて再び中国（鎮江）に戻られたのはパール・バックさんが生後わずか三か月のときのことでした。そこで彼女は、やがて中国語を自然に身につけるとともに、東洋的精神をみずからつちかっていかれました。

一六歳のときに、ランドルフ・メイコン女子大学に入学するために米国に戻り、一九一四年に同大学を卒業すると、お母さんの看病のために再び中国に渡られました。そして一九一七年、二五歳の彼女は、宣教師で農業経済学者（南京大学教授）であったロッシングさん（John Lossing Buck）と結婚し、三年目の一九二〇年五月に女児を出産されました。それが本書の主人公のキャロラインさん（Caroline）です。

キャロラインさんは三歳になっても話せなかったのですが、その原因については、当時、医師のだれもわかりませんでした。ついでに申せば、その後、キャロラインさんの病気はフェニールケトン尿症であったことが判明したようです。この病気は先天性の新陳代謝障害で、必須アミノ酸であるフェニールアラニンの代謝過程に関係する酵素の作用が弱いために、尿の中にフェニールケトンが多量に排出されるところに特徴があるといわれ、皮膚や毛髪は色素が消失するために皮膚は白く、髪は赤茶系色になることが多いようです。放置しておくと知能の発育が困難になりますが、最近は医学の進歩によって、生後一年以内から治療を開始することで、知能水準が向上することが知られています。


ともあれ、知能の発育が困難で、大人の水準に達しない子どもの母親になられたパール・バックさんは「長い悲しい旅」をつづけられることになったわけですが、彼女はキャロラインさんが一〇歳になった一九三〇年に、ついにニュージャージー州のヴァインランドにある養護学園（Vineland Training School）を「娘の永遠の家」と決めて託すまでの生活を克明に書きのこされました。これは「歴史的な」できごとだったと、わたくしは思っています。

ところで、本書のもとになった原稿をはじめて「女性雑誌」（Ladies' Home Journal）の一九五〇年五月号に発表されるまでには、かぞえてみると、じつに三〇年の歳月が流れていました。

本書の冒頭に「わたしがこの話を書く決心をするまでには、ずいぶん長い間かかりました」とありますが、それはこの三〇年を指すのです。そのときパール・バックさんは五八歳になっておられました（その間に彼女はコーネル大学大学院で修士号をとられ、また、中国では辛亥革命はじめ、いくつかの内戦も経験しておられました）。

本書を著わされるまでに、すでに作家としては『東の風・西の風』（一九三〇年）、『大地』（一九三一年）、『息子たち』（一九三二年）、『分裂せる家』（一九三五年）、といった名作を次々に世に出され、一九三二年にはピュリッツァー賞を、そして一九三八年にはアメリカの女流作家としてはじめてノーベル賞を受賞される、というように、功成り名とげておられたパール・バックさんが、知られることがためらわれたキャロラインさんのことをあえて雑誌に、しかも赤裸々に発表されることは、さぞかし勇気のいることだったと、推察されます。しかし、本書を発表される前にパール・バックさんは弱い立場にある人へのヒューマニスティックな理解とともに、具体的な活動を開始しておられたのです。それはたとえば、「東西協会」（East and West Association）の設立（一九四一年）であり、「ウェルカム・ハウス」（Welcome House）の開設（一九四八年）という形で。

前者は、延べ年数にすると、人生のほぼ半分に相当する四〇年あまりになる中国滞在による諸体験をふまえて、西洋側の横暴（それは皮膚の色のちがう人びとへの蔑視と暴圧）をなくすためにも東洋との間に公平な交流を果たさなければならない、という熱い思いがあって発足させたものだったし、後者は一層具体的にアメリカの軍人が駐留先の世界各地（とくにアジア）に捨て去った混血児たちを養子として引きとり、立派な国際人に育てあげる目的ではじめられたものだったのです。

とくに「ウェルカム・ハウス」は、混血児たちがやがて東と西を結び合わせ、偏見も差別もない、人類はみな同胞として「一つの世界」をつくる原動力になることを願って、パール・バックさんがノーベル賞で得たお金をはじめ、原稿料や印税のほとんどを注ぎ込んで運営されていた、といわれています。

そこには常時三〇人前後の、多いときは五〇人もの混血児たちが共同生活をいとなんでいて、パール・バックさん自身、「里親」として、「わたしはなんと沢山の子宝に恵まれているか」と嬉々として養育に励んでおられた、といわれています（彼女は、キャロラインにまったく理解がなく、また文筆活動をする自分を快く思っていなかった夫とは一九三四年に離婚し、その翌年、自著の出版社の社長リチャード・J・ウォルシュさんと再婚されたのですが、実子はキャロラインさん以外にはなかったのです。ちなみに本書には、夫ロッシングさんのことがまったくふれられていないのは、彼が娘にたいして終始冷たい姿勢を崩さなかったことを如実に物語っている、と解釈できます）。なおパール・バックさんは一九七三年に亡くなられました。八一歳でした。

わたくしは先に、文学者としてのパール・バックさんと、平和運動家としてのパール・バックさんを区別しましたが、じつはその多くの作品を拝読すると、彼女を駆り立てていたのは知力差による人間の不平等性への透徹した視線と、その不平等性をもたらした人間の傲慢さへの激しい怒りであったのであり、文学作品は平和創造の一つの表現法であったと、わたくしは読みとっています。そして、そのきっかけとなったのはまぎれもなく、知能の発育が困難であった娘の母親になったこと、そしてわが子にたいする知力の高い人びとの無理解と偏見の事実に直面されたことであったのです。しかもそれは文明が進んだといわれるアメリカ社会において最も顕著であったのです（中国や日本では、人びとはこのような子どもをかえってあるがままをそのままに受けいれてくれていたと、感謝の念を表わしておられます）。

とくに永く住まれた中国では、パール・バックさんは、一般の人たちが互いに人間として温かい心をかよわせ合って生きていること、そしてなんらかのハンディキャップを受けている人を決して窮地に追い込むことはせず、互譲の精神で、またときにはハンディキャップを受けている人は特別の使命を担って生まれてきたゆえに尊敬に値するという気持ちで、おおらかに接していることを目のあたりにして、深く感動している様子が随所に見られ、読者に好感を抱かせます。

そのこととも深く関連すると思われますが、本書のはじめの部分で、中国人の看護婦さんがキャロラインさんについて、

「この赤ちゃんにはきっと特別の目的がありますのよ」

といわれたのは、最後の部分の、

「あなたのお子さんもまた、どんな人生を送るにしても、生きる権利と、幸福になる権利があるのです。……あなたのお子さんを誇りに思い、あるがままをそのままに受けいれてほしいのです。……あなたのお子さんが存在していることはあなたにとっても、また他のすべての子どもたちにとっても意義のあることなのです。……あなたのお子さんの存在の目的を果たし、お子さんと共に生きる間に、必ず本当の喜びを見出すことになるのです。さあ、頭を上げて、示された道を歩んで行きましょう」（一三三頁）

という結論と、見事に符合することに、読者の皆さんは容易に気づかれるはずです。

また、「人の精神はすべて尊敬に値すること」、「人はすべて人間として平等であること」、「人はみな人間として同じ権利をもっていること」、そして、「傲慢にはならずに、自分を低くすること」といった、人間の本質を、「娘がわたしに教えてくれました」と、パール・バックさんの姿勢はあくまでも謙虚です。

長い間、パール・バックさんは、ペンシルバニア州に住む知力にハンディキャップを受けている人たち（子どもたち）を擁護する専門委員会の議長として、社会啓発にも力を入れておられましたが、一九六〇年には、わが国の「親の会」の招きで来日され、全国五か所で講演されたことがありました。その講演の中で、

「文明の程度は、それが弱い人、頼るところのない人をどのように尊重しているかによって測られるのです」と繰り返し述べられたそうです（わたくしはそれらの講演を拝聴する好機を逸したことが悔やまれます）。

このご見解は、本書に出て来る「社交界で有名な、良家の子ども」らしく振る舞わせることをこの子らのしつけの中心にしている園長に背を向けられたパール・バックさんの心の中で、しっかりと宿ったものと、わたくしは推察しています。

なお、蛇足になるかもしれませんが、本書に描かれているアメリカの学園（居住施設）は古い時代のものだ、ということを付言しておく必要があります。まず本書が一九五〇年に書かれたものであり、実際にキャロラインさんを学園に託されたのは一九三〇年のことであった、ということを忘れてはならないでしょう。

わたくしも幾度かアメリカをはじめ、ヨーロッパ各国の学園を見学し、またときには宿泊して

ボランティア活動をした経験がありますが、最近は人権尊重の精神から、多くの学園は見違えるほどに改善されたうえに、さらにいわゆる大規模の学園（コロニーと呼ばれる居住施設）は徐々に姿を消して、代わって小規模のものか、通園形式のものがふえてきていることがわかります。

わたくしの見解では、ハンディキャップを受けている人たち（子どもたち）を人里離れた、特別の場所に集めて保護するという、いわゆる箱型の福祉形態はいずれは崩れ、本書に出てくる昔の中国がそうであったように、町や村の人たちが分け隔てることなく、共に譲り合い、補い合い、助け合って生きる状態に戻ることが——戻るといっても貧しい状態にというのではなく、ネオ・ゲマインシャフトの状態を想定しているのですが——本筋のように思えます。ついでに、ネオ・ゲマインシャフト（Neo-Gemeinschaft）運動とはF・テンニエス（Tönnies）のいう「人間同士の一体性」、「近隣や村落の中での安らぎ」、そして「土の上での勤勉性」を現代の社会の中にとり戻し、愛と相互の奉仕に支えられた人間性を復元することを目指しています。

本書では、学園（居住施設）が、理想の住拠のように描かれて、終わっていますが、それは時代の制約によるものといえましょう。新しい時代を創るのは新しい人たちです。はじめて本書を読まれた方々が、ここに書かれているところにとどまってしまわれることは決して望ましいことではないのです。

最後に本書の出版の経緯について述べてみたいと思います。

原文は松岡久子さんによって法政大学出版局から一九五〇年に『母よ嘆くなかれ』という書名で初めて訳され、多くの読者に受けいれられていたのですが（わたくしは原文を学生たちと幾度となく読み合い、討論し合ったものです）、表現のうえで、いわゆる蔑視語が（気づかれずに）使われているのを、いつも気にしていました。

世界的に高い評価を得ている本であり（現在、本書は二〇以上の国で翻訳されているといわれています）、日本語訳に蔑視語が多く使われているのは国際的に見ても「問題」であるといわざるをえませんでした。

そこで一九九二年に、わたくしなりに全文を訳し直してみたいと思い、当出版局に申しあげましたところ、快諾を得ることができました。そこで、わたくしが使える時間をいっぱいに使って訳し直して、できあがったのが本書です。

ここで原文の用語と訳語との間にくい違いがあることを説明しなければなりません。それはいくつかあるのですが、たとえば mentally defective child ないしは mentally retarded child は訳文では、子どもの側に力点がおかれている場合は「知能の発育が困難な子ども」、社会的側面からこの子らの福祉を考える場合は「知力にハンディキャップを受けている子ども」としました。

また、表題は The Child Who Never Grew となっているうえに、文中にも出てくるのですが、文字通りに、「決して成長しない子ども」ないしは、「大人になれない子ども」というのは多分に差別的であり、事実誤認の恐れがなきにしもあらずです。

しかし、パール・バックさんは、

「娘が自分のこともわからないということにたいし、わたしは非常に感謝するようになりました。つまり、もし娘がふつうに成長することができない人間として運命づけられているというならば、いつまでも子どものままでいることをありがたいことだと思うようになったのです。なにか自分が他の人たちとはちがっていることをぼんやりとでも自覚している人こそかわいそうな人なのです。……わたしは、娘がそのような人たちのようにならなかったことにたいして、神様に感謝しているのです」（五五－六頁）

と、述べておられることから判断できるのですが、彼女にとってキャロラインさんが、このthe child who never grewであることが、大いなる慰めであったようです。その意味で、わたくしたちは、この表題を肯定的に受けとめるべきだ、と思います。

パール・バックさんは、言葉の選択には人一倍繊細な神経を使われた作家で、じじつ「わたしは一つ一つの言葉の生命《いのち》をだれよりも大切にしました」と述べておられます。「パール・バックさんの文章は音読するといっそうわかることであるが、韻律性に富み、時折みせる古雅な表現には聖書の響きが感じられる」と感想を述べた人もおられます。

とくに本書は手記であり、十分過ぎるほど慎重に言葉を選び、そして丹念に文章を組み立てていかれたことがわかります。それだけにわたくしは訳文には気をつかいました。

とは申せ、女性の文章を男性のわたくしが訳出することにはある種の限界があったかもしれません。そのような心配から、わたくしは、翻訳にくわしい手塚郁恵さんに、女性のお立場から、わたしの訳文を一つ一つチェックしていただき、必要に応じて不備なところをご指示願いました。

読者の皆さんが、本書が読みやすく、かつ含蓄のある文章になっていると評価してくださるならば、それは手塚さんのご協力の賜ものと断言できます。手塚さんには心より謝意を表わしたいと思います。

出版にあたっては法政大学出版局編集長の稲義人さん、編集部の藤田信行さんにお世話になりました。あつくお礼申しあげる次第です。

一九九三年夏

伊藤隆二

母よ嘆くなかれ　〔新訳版〕

1993年11月10日　　初版第１刷発行
2020年２月10日　新装版第２刷発行

パール・バック
伊藤隆二　訳
発行所　一般財団法人　法政大学出版局
〒102-0071 東京都千代田区富士見 2-17-1
電話03(5214)5540　振替00160-6-95814
製版，印刷：三和印刷／製本：誠製本

Printed in Japan

ISBN978-4-588-68220-9

著　者

パール・バック（Pearl Sydenstricker Buck）

1892－1973．アメリカの作家．ウェスト・ヴァージニアに生まれる．生後まもなく宣教師の両親に連れられて中国に渡り，アメリカの大学で教育を受けるため一時帰国したほかは長く中国に滞在し，その体験を通して，女性あるいは母親としての目から人々と生活に深い理解をもって多くの作品を発表した．1932年に『大地』でピュリッツァー賞を，38年にはノーベル文学賞を受賞．また1941年に東西協会設立，48年にウェルカム・ハウスの開設と運営に尽力するなど，人類はみな同胞と願う博愛にみちた平和運動家としても活躍した．

訳　者

伊藤隆二（いとう　りゅうじ）

1934年生まれ．東京大学教育学部卒業，同大学大学院修了．教育学博士．カリフォルニア大学（UCLA）留学．神戸大学教授，横浜市立大学教授を経て，現在は横浜市立大学名誉教授．主な著書：『人間形成の臨床教育心理学研究（正・続）』（風間書房），『福祉のこころと教育』（慶應義塾大学出版会），『全包括《インクルーシブ》教育の思想』（明石書店），『間主観カウンセリング――「どう生きるか」を主題に』（駿河台出版社），『なぜ「この子らは世の光なり」か』（樹心社），『こころの教育十四章』（日本評論社），『伊藤隆二著作集（全３巻）』（岩崎学術出版社），ほか．